鬼上司さまのお気に入り

Ayumi & Harunobu

なかゆんきなこ

Kinako Nakayun

エタニティ文庫

目次

鬼上司さまのお気に入り

一

「データの数字が間違っている。それから誤字も多い。提出前に確認しなかったのか？何年この仕事をやっているんだ。新人のようなミスをするな！　もう一度研修からやり直すか!?」

（ひゃっ）

「す、すみません！」

十月中旬のある日のこと。株式会社アヤモト、東京本社第二営業部のオフィスに怒声が響く。

それに、この場にいる誰もがひゅっと身を竦《すく》ませた。

今年の五月で二十七歳になった私、高梨歩美《たかなしあゆみ》もその中の一人。

（うう、相変わらず心臓に悪い）

書類の束《たば》をデスクに叩きつけ、叱責の声を上げているのはここのトップである黒崎《くろさき》部長。

そして彼に怒られているのは、私と同じ営業事務員、太田《おおた》さんだった。

どうやら、彼女がまとめた会議用の資料にミスが複数あったらしい。

(太田さん、うっかりさんだからなあ)

彼女はおっとりとしていて人当たりが良いのだけれど、うっかりミスが多いのだ。

本人も提出前に一応確認したのだろうが、そこでミスを見逃してしまったのかもしれない。一つ二つのミスなら黒崎部長もあそこまで怒らないけれど、聞く限り、ミスした箇所がずいぶん多そうだ。

(私も気を付けないと)

そう心の中で気を引き締めつつ、私は黒崎部長と太田さんの様子をこっそり窺《うかが》った。

うちの会社は、喫茶関連の専門商社だ。東京本社の他に、大阪と福岡、仙台に支社を持つ。

その内、東京本社では営業部が第一と第二にわかれていて、第一ではレストランチェーンやカフェ、コーヒーショップのチェーン店などの大口の顧客を、第二では個人経営の喫茶店やカフェなどの小規模な顧客を担当している。

どちらも扱っているのはコーヒー豆や紅茶、業務用食材、業務用の焙煎機《ばいせんき》、粉砕機。その他、カフェやコーヒーショップで使用される抽出機やグラインダー、包材、家庭用のコーヒー関連器具やミル、コーヒーメーカーなど様々だ。

再びちらりと見てみたところ、我が第二営業部の部長、黒崎春信《はるのぶ》は眉間に渓谷《けいこく》のような皺《しわ》を寄せ、太田さんに説教を続けている。

艶《つや》のある黒髪に細い銀フレームの眼鏡をかけた彼は、切れ長の目にすっと通った鼻梁《びりょう》が美しい、整った顔立ちをしている。なまじ顔が綺麗なだけに、その怒り顔は迫力があって怖かった。しかも百八十センチを超える長身なのでなおさらだ。

ちなみに彼は、今年の四月に三十五歳という若さで部長に昇進した、当社一の出世株。だから彼が去年の春、仙台支社から転勤してきた時には多くの女性社員が色めき立ったものだ。

知的な美形で将来の幹部候補なエリート様だもの。そんな上等な獲物《えもの》、肉食女子達が見逃すはずがない。

しかし黒崎部長の厳しい人となりが伝わると、彼に群がる女性社員は一気に減った。

なにせ黒崎部長ときたら、擦り寄ってくる女性を「邪魔」の一言で切り捨て、食事や飲みの誘いにも「時間の無駄」、「君と食事に行く暇があったら帰って寝る」と言ったとか言わないとか。

人から聞いた話も多いので正確なところはわからないが、とにかく女性社員達のアピールや誘惑がまったく通じなかったらしい。

いくら高条件でも取りつく島がないのでは、肉食女子達だって諦めるというもの。何故か美形率が高い我が社は、黒崎部長の他にもイケメンエリートがいるからね。

さらに黒崎部長は仕事面でも、自分にも他人にも厳しい人だった。ミスは容赦なく叱責されるし、要求される仕事のレベルも高いので、みんな必死に仕事をしている。

そんなわけで、ついたあだ名が『鬼の黒崎』、『鬼の第二営業部長』。部下達だけでなく、他部署の人間からも恐れられているというのだから、ある意味すごい。

かくいう私も先月、『鬼の黒崎』から厳しい指導を受けたばかり。

私の脳裏に、ちょっぴり苦い記憶が甦《よみがえ》ってきた。

あれは、先月の半《なか》ばごろのことだったかな？

その日、私は黒崎部長から突然、新規の営業先に見せる自社商品の資料作りを任された。

ところが何度提出しても「駄目だ」と突き返され、やり直しに。

今思うと、あの時の私は「なんでこんな面倒な仕事を私が」という気持ちがあって、「まあ、これくらいで大丈夫だよね」と、無意識に手を抜いてしまっていたんだろう。

そんないい加減な気持ちを見透《みす》かしたかのように、黒崎部長は容赦なかった。

でも、あの時は自分でもそれに気付かず、何度も突き返されてへこんで、もうどう直していいかわからなくなっていた。

終業時刻はとっくに過ぎて、部署に残っているのは私と部長の二人だけ。

そして再度資料を提出すると、部長はそれを見てようやく「駄目だ」以外の言葉を発した。

『商品の概要をそのまま載せるんじゃなくて、クライアントの立場に立ってわかりやすく書き直せ。ずらずらと情報を書き連ねられたら読む気が失せるだろう。お前が客ならどんな情報が知りたいか考えろ。それから添付《てんぷ》する画像はもっと絞れ。その分、一つ一つのサイズを大きくした方が見やすくなる。あと、数字は……』

私は慌ててそのアドバイスをメモに書き留め、言われた通りに資料を作り直した。

するとできた資料は確かにわかりやすく、自社商品の魅力が伝わってくる仕上がりだった。

そこで私は黒崎部長が今回の資料に要求するレベルを初めて知り、そりゃあ私の資料が突っ返されるわけだと納得したんだ。

まあ、もっと早く助言をくれたらよかったのにとも思ったけど、あれはたぶん、私が自分で気付くのをギリギリまで待っていたんだろう。

それに、自分で「ここはこうした方が見やすいかな」と工夫した点に関しては褒《ほ》めてくれたし。

『よく頑張ったな』

作り終えた資料を印刷し、確認してもらうと、黒崎部長はそう労《ねぎら》ってくれた。

『正直、途中で泣かれるかと思った』

『んなっ、泣きませんよ！』

そ、そりゃあ、ちょっとは泣きそうになったけど。

だけどそのあと、「お前、けっこうできるな」と言われたのは嬉しかった、かな。実際、これをきっかけに大事な資料作りを任せられるようになったし。

しかもあの日の部長、資料の確認を終えるとすぐに帰り支度を始めたんだよね。

どうやら私の仕事が終わるまで、残業に付き合ってくれていたみたい。

黒崎部長はそれこそ鬼のように厳しいけれど、その厳しさの裏にある『部下達を育てる』という気概と、優しさを感じた瞬間だった。

彼は最年少で部長職に就《つ》いただけあって、とても優秀な人だ。黒崎部長が就任して以来、低迷していた我が第二営業部の業績は確実に上がっている。

前の部長は現場のことは課長任せだったし、今は退職した当時の課長は、体調不良で急な欠勤が日常茶飯事《にちじょうさはんじ》かつ、仕事は部下任せ。

上がそういう状態だから、営業の社員達も事務の社員達もモチベーションが低くて、ミスも多い。しかも「ミスは直せばいいでしょ〜」と、なんともぬるい空気が充満していた。

そんな中、当時の課長の退職が決まり、代わりに仙台支社から呼び寄せられたのが、その頃はまだ課長だった黒崎部長だ。

去年の春に第二営業部の課長として本社へ転属してきた彼は、今年の春に前任の部長が第一と第二、二つの営業部をまとめる統括部長に昇進すると、第二営業部の部長を任されることになった。

黒崎部長は課長として就任した当時から、ぬるかった第二営業部にバッサバッサと改革のメスを入れていった。現場の仕事を部下任せにせず、進捗《しんちょく》をすべて把握し、時には自《みず》ら顧客の新規開拓をする。

当初は前の上司と正反対のやり方に反発もあったけど、結果が出るにつれ、その声はなくなっていった。

だから恐れられてはいても、黒崎部長を心から嫌っている部下はいない……と思う。

私も、彼のことは嫌いではない。

むしろ上司としてはとても頼れる人だし、尊敬している。

(でもなあ。あんな風に頭ごなしにガミガミ怒るんじゃなくて、もうちょっと言い方を考えたらいいのに)

仕事に緊張感は必要だけど、それも過ぎれば毒になるんじゃないかな。

特に太田さんのようなタイプには逆効果な気がする。

そう思いつつ二人の様子を見ていたら、私の視線に気付いたらしい黒崎部長とばっちり目が合った。

少し前の私だったら、慌てて目を逸《そ》らし、見て見ぬふりして作業を再開していただろう。

黒崎部長のお説教を止める勇気なんて持てなかったはず。

でも、今は……

（部長、もうその辺でやめておきましょうよ）

私は目で訴えかけるみたいに、黒崎部長をじーっと見つめる。

するとアイコンタクトが伝わったのか、部長は皺《しわ》の寄った眉間を指でぐりぐりと押さえたあと、太田さんに「もういい。席に戻れ。資料は修正して、再提出だ」と言った。

私はよかったと胸を撫《な》で下ろす。そして、素知らぬ顔で仕事を再開する黒崎部長を眺めた。

『鬼の黒崎』、『鬼の第二営業部長』と、周りに恐れられている彼。

少し前まで、私も黒崎部長を恐れている部下の一人だった。

でも、今はちょっとだけ違う。

実は私、黒崎部長の意外な秘密を知ってしまったのです。

（まさか、部長にあんな一面があったなんてね）

パソコンの画面に視線を戻し、途中だったデータ入力作業を再開しながら、彼の秘密を知った日を思い返す。

それは、先週の金曜日のことだった。

一時間の残業を終えた私は、凝《こ》った肩を軽く揉《も》みほぐしつつパソコンをシャットダウンする。

ふと顔を上げると、黒崎部長と目が合った。

(うっ)

なんか、このごろやけに黒崎部長と視線が合うんだよね。

もしかして、手が空《あ》いたならと次の仕事を言い渡される?

先日も「これで終わり!」と思ったところで新しい仕事を押しつけられたし。やたらと目が合うのも、隙あらば仕事をやらせようと狙っているからじゃないかと深読みしてしまう。

そんな経緯があって身構えたものの、黒崎部長は何も言わずパソコンの画面に視線を戻した。

私はホッと胸を撫《な》で下ろす。

仕事を任せてもらえるのは嬉しいけど、残業が長引くのは勘弁願いたい。パソコンの電源も落としちゃったしね。

「お疲れさまでしたー。お先に失礼します」

私は席を立ち、残っていた人達に声をかけた。

あちこちから「お疲れさまー」と、返事が飛んでくる。黒崎部長もパソコン画面から視線を外さないまま、「お疲れ」と言ってくれた。

そして私は更衣室で制服から通勤着に着替えると、都内にある自宅に帰った。

私は実家で両親と兄、飼い犬の太郎《たろう》さんと暮らしている。

両親と兄は獣医で、我が家は一階が動物病院、二階と三階が住居スペースの医院併用住宅というやつ。両親が運営し、三つ年上の兄も勤務する『高梨どうぶつ病院』は、毎週日曜と祝日が休診日だった。それ以外は夜の七時まで診察を行っている。

といっても、場合によって閉院時間が延びることが多い。

この日も受付時間ギリギリに運び込まれた患畜《かんちく》の処置に時間がかかったらしく、私が帰宅した時にはまだ、両親も兄も一階で仕事をしていた。

「ただいま、太郎さん」

「ワンッ！」

家族用の外玄関から二階に続く階段を上《のぼ》り、自宅に入ると、足音を聞きつけた愛犬の太郎さんが出迎えてくれた。太郎さんは茶柴の雄で、御年三歳。

太郎さんの夜ごはんは、いつも家族の誰かが仕事の合間にやってくれる。家族の手が空《あ》いていない場合は、うちに勤めている動物看護師さんが代わりを務めてくれていた。

私は太郎さんをひとしきり撫《な》でたあと、自室でラフな私服に着替え、化粧を落としてキッチンに立った。

我が家では昔から両親が忙しかったため、家事は分担制だ。本当は今日の夕飯は母の担当なのだけれど、仕事が終わらない場合は、その時手が空《あ》いている人間が代わることになっている。

キッチンのホワイトボードに書かれた今日の夕飯メニューを確認し、ちゃっちゃと作ったころ、仕事を終えた両親と兄が二階のダイニングに現れた。

「ああ、お腹空《す》いたねえ」

そう言ってお腹をさすりながら席についたのは私の父、高梨義康《よしやす》。五十七歳で、『高梨どうぶつ病院』の院長先生だ。

身長は百六十センチと低く、体型はぽっちゃり。

かくいう私も身長は百五十五センチしかなく、ちょいぽちゃ体型だ。童顔なところも、今は短くしているふわふわの癖っ毛も、父によく似ていると言われる。

「ごめんね、歩美。今日はお母さんも急遽《きゅうきょ》駆り出されちゃって」

謝りつつ席についたのは私の母、高梨凛子《りんこ》。

母は父と同じ五十七歳で、身長は百七十センチと女性にしては高く、すらっとした細身にキリッとした顔立ちの美女だ。

おまけに実年齢より若く見えるので、オーナーさん達（うちの病院では、飼い主さんのことをオーナーさんと呼んでいる）からは『美魔女』だと言われている。

艶《つや》のあるストレートの黒髪を長く伸ばし、仕事中は一本にまとめている母は、娘の目から見ても恰好良い女性だ。どうして私は母に似なかったのかと、心底残念に思うよ……

「お、今日は牛丼か〜。嬉しいなあ」

そして先月三十歳になったばかりの兄、高梨健也《けんや》は、母譲りの高身長に細身の体型で、顔立ちも母に似て整っている。

髪だけは父に似て癖っ毛だけれど、私と違って両親の良いとこどりをして生まれてきた人だ。本当に羨《うらや》ましい。

家族のことは大好きだけど、父のように頭が良いわけでもなく、母や兄のように容姿が整っているわけでもない私は、ちょっぴりコンプレックスを感じている。

「それじゃあ、今日もみんなお疲れさまでした。いただきます」

「「「いただきます」」」

父の号令で、私達は手を合わせた。

我が家では、なるべく夕飯は家族揃って食べることにしているのだ。

ちなみにもうひとりの家族である太郎さんは、リビングにある自分用のベッドに寝そべり、構ってもらえるのを待っている。

「あ、そうだ。歩美、太郎さんの散歩が終わったら、入院舎の掃除頼んでもいいか」

食事の最中、兄がふと思い出したように言った。

「明日は休みだろう？」

「うん、いいよ。今夜はお兄ちゃんが夜勤なの？」

「そう。今は入院している動物も多いからな。手伝ってもらえると助かる」

『高梨どうぶつ病院』では、閉院後も救急の場合のみ、夜間診察を受け付けている。今日は兄がその夜勤担当らしい。

夜間救急以外にも、入院中の動物の世話や経過観察など、やらなければならないことは色々とある。

私は昔からそういった仕事を手伝っていたし、勤め人になってからも休みの前日や休日など、手が空《あ》いている時には手伝うようにしていた。

夕飯のあと、片付けは母に任せ、私は太郎さんの散歩に出る。

我が家では、朝と夜にそれぞれ一時間ほど散歩をすることにしているのだ。

帰宅したら、お気に入りの散歩コースを回ってご機嫌の太郎さんを父に預け、一階に下りた。

そして入院中の動物達のいる入院舎に行き、動物達の世話をする。といっても、夜のごはんは動物看護師さん達が退勤前にあげてくれているので、私がするのはトイレシーツの交換や汚れているケージの掃除くらいだ。

一方、兄は経過が気になる子の様子を見ていた。

さすが、次期院長の若先生だ。獣医になったばかりのころはよく母に怒鳴られていたけれど、今ではすっかり様《さま》になっている。

「お兄ちゃん、ケージの掃除終わったよ」

「ああ、ありがとう。もう上がっていいよ」

「はーい」

でもその前に、夜勤に励む兄にコーヒーでも淹《い》れてやろうと、私はスタッフの休憩室に向かった。ここに簡単な給湯スペースがあるのだ。

（ついでに自分の分も淹《い》れようっと）

薬缶《やかん》に水を入れてコンロにかけた時、病院の電話が鳴った。

「歩美、悪いけど出てくれるか？」

入院舎から、兄の声が響く。

「はーい！」

どうやら兄は手が離せないらしい。私はコンロの火を止め、受付に走った。

たまに電話番もしているからね。こういうのも慣れている。

「はい、高梨どうぶつ病院です」

『夜分にすみません！　実は、飼っているリスの具合が悪いんです。いつも行っている動物病院はもう診察時間外らしくて……』

電話してきたのは若い男性のようだ。焦っている様子で、口調が速い。

（……ん？　この声、どこかで聞き覚えがある気が……）

『そちらではリスも診《み》ていただけますか？』

ペットとしてメジャーな犬や猫なら大抵の動物病院で受診できるけれど、それ以外の小動物や爬虫類《はちゅうるい》、ちょっと珍しいペットなんかだと、受診できない動物病院もあるのだ。

「はい、当院ではリスの診察も受け付けていますよ。具体的にどんな症状が出ていますか？」

『よかった……。症状は、くしゃみと鼻水です。それから食欲がないみたいで、餌《えさ》が全然減っていませんでした』

私は電話の声に耳を傾けながら、聞いた情報をメモ用紙に書き込む。

「なるほど。くしゃみ、鼻水、食欲不振ですね。わかりました。移動用のケージなどはありますか？　あればそれに入れて、保温対策をしっかりして、すぐ連れて来てください」

十月になって、最近は夜もすっかり涼《すず》しくなってきたからね。

『わかりました！　ありがとうございます、すぐ向かいますっ』

「ではお名前……あっ」

よほど焦っているのか、男性は名前と連絡先を言う前に電話を切ってしまった。

（しまったなあ）

だが、切れてしまったものは仕方ない。

入院舎にいる兄に電話の件を伝えると、そのリスとオーナーさんが来るまで受付にいてほしいと頼まれた。兄はもうしばらく、入院している動物の様子を見ていたいらしい。

「わかった」

どうせ明日は休みだし、予定もないしね。

私は病院玄関の鍵を開け、待合室と診察室の照明を点《つ》けて受付カウンターの椅子に座り、リスとオーナーさんの訪れを待った。

その間、コーヒーを飲みながら、オーナーさん向けに待合室に置いているペット雑誌をぱらぱらと読む。

「あ」

電話があってから、二十分ほど経っただろうか。

時計の針が深夜零時を指す少し前、外に車のヘッドライトの明かりが見えたかと思うと、駐車スペースに一台の車が停まった。リスのオーナーさんかな？

続けてガチャッ、バタンと扉を開閉する音が響いて、バタバタと駆け込んでくる足音が聞こえる。

「すみません！　先ほど電話した者ですが!!」

（えっ）

血相を変えて待合室に飛び込んできたのは、なんと私の上司である黒崎部長だった。

いつもきっちり整えている髪は乱れ、いかにも仕事帰りらしいスーツに薄手のコートを羽織《はお》っている。

（えええええええええええええええええ!!）

「早く、うちのアリスを診《み》てやってください！」

彼はよほど動揺しているのか、私が部下の高梨だと気付いていない様子だ。

小動物用のプラスチック製ケージを持って、受付に座る私に迫《せま》ってくる。

（あ、あの黒崎部長が、あの『鬼の黒崎』が、リスを……。しかも名前がアリス）

黒崎部長は確か独身のはずだから、子どもが飼っているペットということはない。

「す、すぐに診《み》ますので、落ち着いてください。こちらへどうぞ」

私は黒崎部長の剣幕に気圧《けお》されつつも、彼とリスを診察室に案内し、入院舎にいる兄を呼んだ。

（いやぁ……。まさか黒崎部長が、あんなに狼狽《ろうばい》するとは）

普段の冷静な姿が嘘のようなうろたえっぷりだった。

まあ、それだけペットのリスを可愛がっているのだろう。

家族同然の愛《いと》しいペットの病気や怪我を前に、冷静でいられる飼い主はいない。

中には号泣しながら駆け込んでくる人や、心配のあまり貧血を起こして倒れてしまう人もいる。

（あのリスちゃん、大丈夫かな？）

これで私の役目は終わりだったのだけれど、なんとなく気になって、受付に座ったまま診察が終わるのを待つ。

しばらくすると、診察室から黒崎部長と兄が出てきた。

黒崎部長がリスの入ったケージを持ったままということは、入院せずに済んだようだ。

兄は「そちらでしばらくお待ちくださいね」と黒崎部長に待合室のソファを勧める。

それから診察室で書いてもらったらしい問診票を手に受付カウンターに入ってきて、診察券を発行した。

うちの動物病院の診察券は、表に可愛らしい犬と猫が描かれたカードタイプ。裏には診察時間と電話番号、それからオーナーさんとペットの名前の欄がある。

兄はそこに、油性ペンで『黒崎春信』と書き、その下に『アリス』と書いた。ちなみにペットの名前の横には『ちゃん』と印字されている。

(リスの黒崎アリスちゃん、か。黒崎部長のネーミングセンスよ……)

続けて兄は薬局で薬を用意すると、ソファに座る黒崎部長を呼んだ。

「抗生物質を十日分出しておきますね。しばらくこれで様子を見て、また何かあればいつでも来てください」

兄は黒崎部長を安心させるように微笑んで、薬の入った袋と診察券を手渡す。

「ありがとうございます。こんな時間にこれくらいのことで大騒ぎして押しかけて、すみませんでした」

「いえいえとんでもない。それにただの風邪でも、リスには十分脅威です。進行が早く、肺炎になって亡くなってしまう子もいます。すぐに来てもらえてよかったですよ」

なるほど、アリスちゃんは風邪だったのか。

兄の言う通り、風邪で亡くなってしまうリスは多い。

様子見と思って受診を躊躇《ためら》っているうちに亡くなっていた、というケースもある。

そんなことを考えている間に、兄と黒崎部長は会計を済ませていた。

「ありがとうございました」

「お大事に〜」

「お、お大事に」

兄に続いて、私もようやく口を開く。

すると、受付前から立ち去ろうとした黒崎部長の顔色が目に見えて変わった。

「あっ、たっ、たか……なし……!?」

「ど、どうも。こんばんは、黒崎部長」

正直、「今ごろ気付いたの!?」と思ったが、さすがにそれは口にしない。

そして黒崎部長はというと、驚きに目を見開き、言葉を失くしている。

まあ、そうだよね。鬼上司と恐れられている自分が動揺する姿を、部下の私にばっちりしっかり見られちゃったんだもんね。

しかも動揺の原因が、可愛いペットのアリスちゃんの風邪。

（あー、見なかったことにしてそっとフェードアウトすべきだったかなあ？　ごめんなさい、黒崎部長）

絶句する黒崎部長と気まずさに苦笑するしかない私を尻目に、兄は「え？　もしかして歩美の会社の人？　部長さん？　これはこれは。いつも妹がお世話になってます～」と呑気《のんき》に頭を下げた。

「あ、いえ。こちらこそ」

かろうじてそう答えた黒崎部長はその後、狼狽《ろうばい》したままアリスを連れて帰ったのだった。

あの時は黒崎部長が動揺のあまり事故を起こしやしないか、ちょっと心配だったたっけ……

私は入力を終えたデータに間違いがないか確認しつつ、当時の心境を思い出して苦笑する。

そんなわけで私は、黒崎部長がイメージにまったくそぐわない可愛らしいリスを飼っていること、そのリスを溺愛していることを知ってしまった。しかも、その話にはさらに続きがある。

あれは部長がうちの動物病院に駆け込んできた三日後。月曜日の朝礼後だった。

私のパソコンに、黒崎部長からメールが届いたのだ。

『すまないが、今日の昼休みに時間をもらえるか？』

メールには、昼休みになったら会社の最寄り駅の改札前まで来てほしいと書かれてあった。

また、返信後にこのメールを削除するようにとも。

(これって、アリスちゃんの件だよね)

仕事の話なら、こんな風にコソコソしないだろう。仕事以外で思い当たるのは、先日のアリスちゃんの件しかない。

（しかし、なんで駅の改札前で？）

ちらっと部長のデスクに視線を送ると、彼は渋面《じゅうめん》を浮かべ、こちらを睨《にら》んでいた。

（ひえっ！）

その形相にちょっとビビりつつ、私は『わかりました』と返信をし、部長のメールを削除する。

そして昼休み。今日は外で食べてくると同僚に伝え、制服の上にカーディガンを羽織《はお》り、バッグを手に会社を出た。

最寄り駅までは、徒歩で五分ほど。

指示通りに改札前で待っていると、時間差をつけて社を出た部長がこちらにやってきた。

「待たせたな」

「いえ、あの……」

「すまないが、話は後だ。付き合ってくれ」

言うなり、黒崎部長は改札の中に入っていく。

私も慌ててその後に続いた。

ちょうどホームに来た電車に乗り、二駅先で降りる。

そのまま無言で歩く黒崎部長についていくと、辿り着いたのは一軒のお店だった。

（鰻《うなぎ》屋さん？）

お店の暖簾《のれん》には、白抜きで屋号と鰻《うなぎ》の絵が描かれている。

辺りには、鰻《うなぎ》を焼く香ばしい匂いが漂《ただよ》っていた。なんとも食欲をそそる香りだ。

「入るぞ」

「は、はぁ……」

店内に足を踏み入れた部長は、店員さんに「予約していた黒崎ですが」と声をかける。

「お待ちしておりました。こちらへどうぞ」

店員さんに通されたのは、個室になっている座敷席だった。

（どういうこと⁉）

状況についていけずに戸惑っていたら、私の向かいに座った黒崎部長がメニュー表を差し出してきて、「なんでも好きな物を頼め。俺の奢《おご》りだ」と言う。

「えっ、な、なんでですか？」

「口止め料だ」

「口止め料？」

「……その、金曜の件だ。お前にはみっともない姿を見せてしまった。アリスを飼っていることも含めて、できれば黙っていてほしい。これは、その口止め料だ」

「は、はあ……」

つまり部長は、私に先日の件を口止めするためにここへ連れてきたらしい。

わざわざ会社から少し離れたお店の、しかも個室を予約するあたり、よほど会社の人達には知られたくないのだろう。

(まあ確かに、これまで築いてきた黒崎部長の厳格なイメージが崩れちゃうもんね)

いやしかし、アリスちゃんの件で口止めされるのかなとは思っていたけれど、まさか問答無用で鰻《うなぎ》屋さんに連れてこられて、いきなり「口止め料になんでも奢《おご》ってやる」と言われるとは。

(黒崎部長って、変わった人だったんだな)

先日の一件から、黒崎部長のイメージがどんどん崩れていく。

(でもなんか、今の部長はとっつきやすくて面白い、かも)

「どうした。特上でも構わんぞ」

黒崎部長は眉間に皺《しわ》を寄せ、このお店で一番高い特上うな重を指差す。

う、うわあ。特上うな重、税抜き三千三百五十円だよ！　ランチ一食で三千円超えとか！　薄給のOLには、とても手が出せない代物《しろもの》です。

「もしかして、鰻《うなぎ》は苦手だったか？」

「い、いえ！　大好きですけど、あの、ここまでしていただかなくても、他の人にバラしたりしませんよ？」

昨今は動物病院だって、個人情報の扱いには厳しいのだ。

ペットやオーナーさんの情報を漏《も》らすなんてもってのほか。

そんなことをしたら、私が両親に——主に母に、こっぴどく叱られてしまう。

「だから安心してください、黒崎部長」

「……そうか。しかし、せっかく来たんだ。なんでも好きな物を頼め」

予約までしたのに、食べずに帰るわけにはいかない。

そして自分が連れてきたのだから今回は奢《おご》ると、黒崎部長は主張する。

(うーん、まあ、それで黒崎部長の気が済むなら)

私はちらっとメニューを見て、この店で一番安いうな丼を選んだ。まあ、これでも余裕で千円以上するんだけどね。

しかし黒崎部長は「遠慮するな」と私の注文を無視し、呼び出した店員さんに「特上うな重二つ」と頼んでしまった。

ぶ、部長！　なんでも好きな物を頼めって言ったのにー！

(元から吹聴《ふいちょう》するつもりはなかったけど、ここまでされたら是が非でも秘密を守らなきゃって気になるじゃん)

案外、それが狙いだったのかもしれない。さすが営業部の元エース。策士だ。

上司に高いランチを奢《おご》ってもらうのは気が引けるものの、こうなったらもう腹を括《くく》って堪能《たんのう》させていただこう。

私は店員さんが持ってきてくれた温かいお茶を一口飲み、ふうと息を吐いた。

「そういえば、その後、アリスちゃんの様子はどうですか？」

（あ）

質問してから、二人きりでもアリスちゃんのことはもう話題に出すなと怒られるかな？　と思ったけれど、部長はふっと表情を和《やわ》らげ、「今はもうすっかり元気だ」と嬉しそうに言う。

（わっ……）

その笑顔に、私は「部長も笑うんだ」と驚いてしまった。

いやだって、一緒に働いて一年以上経つけど、笑ってるところなんて初めて見たよ。

「薬を飲むか心配していたんだが、美味《うま》そうにペロペロ舐《な》めている。あれはそういう味付けになっているのか？」

「さ、さあ？　そこまではわかりませんが、薬を飲めているならよかったです。食欲もありますか？」

「ああ。食欲は戻ったし、鼻水やくしゃみも出なくなった。お兄さんにも礼を言っておいてくれ」

「はい、兄も喜びます」

それからうな重が来るまで、私は部長に聞かれるまま家の話をした。動物病院は両親と兄が切り盛りしていること、私もたまに手伝っていることなどを話したのだ。それから、うちもペットを飼っていることも。

「だから、部長が狼狽《ろうばい》していた気持ちはよくわかります。兄も言っていましたが、また何かあったらいつでも来てくださいね。うちは動物病院の上に自宅があるので、救急の場合は休診日や診察時間外でも受け入れてますから」

「そう言ってもらえるとありがたい」

部長はそう口にして、お茶の入った湯呑を手にとった。

しかし、すぐに口をつけず、ふうふうと息を吹きかけたあと、またテーブルに戻してしまう。

(もしかして、黒崎部長は猫舌なのかな?)

そういえば、職場でコーヒーを淹《い》れた時も、すぐに口をつけず、しばらくしてから飲んでいたっけ。あれは仕事に打ち込んでいるうちにコーヒーがあることを忘れたのかと思っていたけれど、単に冷めるのを待っていただけだったのかもしれない。

(ふふっ)

また一つ、黒崎部長の意外な一面を知ってしまった。

今度部長にコーヒーを淹《い》れる機会があったら、ぬるめにしておいてあげよう。

そして私はその後、運ばれてきた特上うな重をありがたくごちそうになったのだった。

(あの時のうな重、美味《おい》しかったな〜)

さすが『特上』と付くだけのことはあった！

身はふんわりと柔らかくて、特製の甘辛いタレが絡んだご飯と一緒に口に運ぶと、まさに至福のお味でした。

なんて、ついあの時のうな重の味を思い返していたら、黒崎部長がこちらをじっと見ていることに気付いた。

や、やばい！　これじゃさっき私が部長を見ていた時とは逆だ！

お前、何をサボっているんだと言わんばかりの厳しい視線に、私は慌てて姿勢を正して作業を再開する。

(うーん)

だけどやっぱり、私は前ほど黒崎部長のことが怖くない。

それは、他人に知られたくない彼の秘密を握っている、という理由もあるのだろうけど、何より……

黒崎部長が可愛いリスにメロメロな一面を持つ、案外面白くて優しい人だと知ったから、なのだと思う。

二

ひょんなことから、鬼上司である黒崎部長の秘密を知ってしまった私。

けれど元々それを吹聴《ふいちょう》する気はなかった上、口止め料にお高いうな重を奢《おご》ってもらったことで、その件はこれで終わりだと考えていた。

ところが、黒崎部長の方はそう思ってはいなかったようで……


「ああ、高梨か」

「お疲れさまです、黒崎部長」

第一と第二、二つの営業部があるフロアには、自販機とテーブルセットが置かれた休憩スペースが設《もう》けられている。

かつては喫煙所も兼ねていたのだけれど、時代の流れで我が社が全面禁煙になったことで、ただの休憩スペースになった。

仕事が一段落ついたので、休憩がてら飲み物を買いにここへ来たら、先客が一人。黒崎部長だ。

ペットボトルのミネラルウォーターを飲んでいた彼は、財布だけを手にした私を見ると、「飲み物休憩か」と尋ねてくる。

「はい、たまにはジュースでもと」

喫茶関連の専門商社だけあって、我が社の各部署には、コーヒーメーカーや紅茶のティーバッグなどが各種揃っている。

種類も多いしとても美味《おい》しいのだけれど、たまにそれ以外のものも飲みたくなって、こうして自販機に買いにくるのだ。

目当てのジュースが入った自販機の前に立つと、私より先に、黒崎部長が五百円玉を投入する。

「あっ」

「奢《おご》ってやる」

「い、いや、悪いですよ」

「ジュースくらい、気にするな」

「でも」

「早くしないと、おしるこにするぞ」

「うわっ」

部長が意地悪く笑いながら、おしるこのボタンに指を伸ばす。

私は慌てて目当てのジュースのボタンを押した。

おしるこは別に嫌いじゃないんだけど、今は飲みたい気分ではないのだ。

「……ありがとうございます」

「ああ。じゃあな」

そう言って、黒崎部長は飲みかけのペットボトルを手にスタスタと部署へ戻っていく。

私は彼に奢《おご》ってもらったジュースの缶を手に、「ふう」とため息を吐いた。

実は、こんな風に黒崎部長に飲み物を奢《おご》られるのは初めてではない。

口止め料としてうな重をごちそうしてもらったあとも、黒崎部長は何かと私に飲み物や軽食を奢《おご》ったり、ちょっとしたお菓子をくれたりするようになったのだ。それも人目につかない場面で、こっそりと。

つい先日も会議の準備を頼まれて、人数分コピーした資料を手に会議室に向かったら、先に来ていた黒崎部長に手招きされて「ほら」とおまんじゅうを渡されたっけ。

なんでも、来社した顧客から旅行のお土産《みやげ》にともらったらしい。

(いや、あれは渡されたというか……)

正確には『食べさせられた』かな。

いったい何を思ったのか、部長ったら自分で包装を解《ほど》いて、そのおまんじゅうを私の口に突っ込んだんだよね。

『んむっ⁉』

『美味《うま》いか？』

いや美味《おい》しいですけれども！

（どうしていきなり口に突っ込むかなあ？　しかもこのおまんじゅう、けっこう大きい）

普通に渡してくれればいいのにと抗議の視線を部長に向けながら、私はもぐもぐとおまんじゅうを咀嚼《そしゃく》した。

だって一度口にしちゃったら、あとはもう食べるしかないじゃないですか。

そんな私を、黒崎部長がものすごく優しい眼差《まなざ》しで見つめてくる。

（う……）

まるで可愛いペットでも愛《め》でているかのような視線に、私はソワソワと落ち着かない気持ちにさせられた。

（は、早く食べ終わらなくちゃ）

こちらをじっと見つめてくる部長の前で懸命に口を動かす時間は、なんとも気まずい一時《ひととき》だった。

そしてようやく食べきると、黒崎部長はふっと目尻を下げ、「ついてる」と言って私の唇の端を指で拭《ぬぐ》ったのだ。

『……っ』

急に触れられて、ドキッとした。

しかも触れられた理由が口の汚れとか間抜けすぎるし、その汚れを上司に指で直接拭いてもらうなんて恥ずかしいやら何やらで、ひどくいたたまれなかったなあ。

とにかくそんなわけで、このごろの黒崎部長はやたらと私に物を与えてくるのだ。

（うーん、そんなに私が言いふらさないか不安なの？）

黒崎部長にこっそりお菓子をもらったり、奢《おご》ってもらったりする度《たび》、「わかってるな？例の件は絶対に口外するなよ」と念を押されている気になる。

だけど、それだけ彼にとってアリスのことは人に知られたくない秘密なのだろう。

私がどんなに「言いませんよ」と主張したところで不安が解消されないなら、もらえるものはありがたくもらって、黒崎部長の心の平穏に貢献した方がいいのかもしれない。

そう思うものの、これまで尊敬しつつも恐れていた黒崎部長に頻繁《ひんぱん》に絡まれるようになったのは、ちょっと居心地が悪い。

決して嫌なわけじゃないんだけど、なんというかこう、彼に近付かれる度《たび》、落ち着かない気持ちになるのだ。

（まあ、でも、そのうち収まるでしょう）

心の中でひとりごち、私はジュースを飲み干したあと、自分のデスクに戻った。

あんまり長く席を外していると、サボっていると思われかねないからね。


それから少し時が過ぎて、十月も後半になった。

街はすっかりハロウィン一色に染まっている。

我が第二営業部の顧客である喫茶店やカフェでも、ハロウィン限定のメニューを展開しているお店が多い。中にはちょっとしたコスプレをしてお客さんを迎えているところもあるんだとか。私も行ってみたいな。

そんなことを考えながら仕事をしていた金曜日のこと。

明日からの休みを思うと心が浮き立つ終業時刻間近になって、私のパソコンに黒崎部長からメールが届いた。

（なんだろう？）

件名のないそのメールを開いてみると、文面は一言。

『今日の夜は空《あ》いているか？』

ちらりと黒崎部長の方を見たところ、彼は素知らぬ顔で、部下から提出された書類を読んでいる。

『空《あ》いていますが、何かご用ですか？』

と返事を打てば、しばらくしてメールが返ってきた。

『夕食を奢《おご》ってやる。付き合え』

なんという上から目線。いや確かに相手は部長様ですけれども。

(むう……)

『奢《おご》っていただく理由がありません。口止め料ならもう十分すぎるほどいただいています』

ほどなく『嫌なのか？』という文面が送られてきた。さらにそのメールには、『無理《む り》強《じ》いはしないが、よければ付き合ってもらえると助かる』とも書かれている。

(まあ、予定があるわけでもないし、黒崎部長とごはんを食べるのは無理！ってことはないし。ただ……)

『割り勘なら行きます』

ネックになっているのはそこなのだ。

これまでもさんざん奢《おご》られてきたのに、また食事を奢《おご》ってもらうのは気が引ける。

『わかった』

すると、時間と待ち合わせ場所が送られてきた。

それから、一連のメールを削除しておくようにとの指示も。

確かに、誰かに見られたら誤解されそうな内容だもんね。

(なんだか社内不倫してるカップルみたい)

しかし、ここまでして口止めしたがるなんて、黒崎部長って本当、執念《しゅうねん》深……いや
いや、慎重な性格なんだなあ。
でもいい加減、口止め料はもうけっこうです、ときっぱり言った方がいいのかもしれ
ない。
（さすがに申し訳ないもんなあ）
そう思いつつ、私はメールを削除し、仕事を再開した。

幸いというか、その日は残業になることもなく、私は定時で会社を出た。
部長の方はもう少し仕事が残っているようだったけれど、約束の時間まではまだまだ
余裕がある。
いったん家に帰ろうか迷ったものの、それはそれで面倒だったので、待ち合わせ場所
の駅に入っている商業施設で買い物をしつつ、時間を潰すことにした。
ちなみにこの駅は、会社から離れた場所にある。
部長はやはり、会社の人に私と二人きりでいるところを見られたくないのだろう。
私としても、知られたら騒がれるのが目に見えているため、ありがたいけれど。
（前より静かになったとはいえ、まだ黒崎部長のことを諦めていない女性社員もいるみ
たいだからねえ）

いつだったか、我が社で人気のイケメン社員とデートしていたと噂《うわさ》された女性社員がひどいやっかみにあったのを知っているので、そういった事態は避《さ》けたいところだ。女の集団は怖いのである。

まあ、これは別にデートじゃないけど。

黒崎部長にとっては、ただの口止めの一環なんだろうし。

(でも念のため、変装でもしておく?)

ウィッグを被ってサングラスをかけて……なんて馬鹿なことを考えながらウインドウショッピングを楽しんでいたら、約束の時間になっていた。

「うわ、やばっ!」

私は慌てて待ち合わせ場所の改札前に急ぐ。

すると、そこにはすでに黒崎部長の姿があった。

「す、すみません! 遅くなりました!」

やばい怒られる! 「俺より先に社を出たのになんで遅刻するんだ!」って怒られる!

そう思って、私はがばっと頭を下げて謝罪した。

しかしいつまで経っても怒声は降ってこず、恐る恐る頭を上げると……

「くくっ」

「へ？」

黒崎部長は肩を震わせて笑っていた。

そんな風に笑う姿なんて初めて見たから、私はぽかんと呆《ほう》けてしまう。

なんで笑ってるんだろう？　私が謝罪する姿、そこまでおかしかった？

「ぶ、部長？」

「いや、お前、その髪」

彼は笑っている口元を左手で押さえつつ、右手で私の髪を指差した。

「鳥の巣みたいになってるぞ」

「うわっ」

走ってきたせいで、髪がぼさぼさに乱れていたらしい。

指摘されて焦って手櫛《てぐし》で整える。癖っ毛だから、すぐこうなっちゃうんだよ！

恥ずかしい！　で、でも！

「鳥の巣って、そこまでひどくないですよ！」

髪を整えながら抗議すると、黒崎部長は笑い顔のままで「すまん、すまん」と言った。

それ、ちっとも悪いと思ってないじゃん！　もう！

ま、まあ、おかげで遅刻を怒られなかったのはよかったけどさ。

「じゃあ、行くか」

「はい」

今夜の行き先は、この駅の近くにある居酒屋らしい。

メールにそのお店のサイトのURLが添付《てんぷ》されていたので見てみたけれど、お酒の種類が豊富な上に料理が美味《おい》しそうで、なかなか素敵なお店だった。楽しみだ。

駅を出て、歩くこと数分。

お店に入ると、今回も黒崎部長が事前に予約していたようで、個室に案内される。掘り炬燵《ごたつ》式の席なのが嬉しかった。

ショート丈のトレンチコートを脱ぎ、部屋に備え付けのハンガーにかける。

黒崎部長の分も、と手を差し出せば、彼は「ありがとう」と言って、薄手のコートを手渡してきた。

その時、ふわりと黒崎部長の香りが鼻を掠《かす》める。

冷徹《れいてつ》なイメージに反した少し甘めの香りに、ちょっぴりドキッとしてしまった。

「高梨は酒、飲める方か?」

「あ、はい。好きで、けっこう飲みます」

席につくと、黒崎部長がメニュー表を見せてくれる。私に見やすいよう、こちらに向けて。

そういえば、部長はあんまり部の飲み会に参加しないから、黒崎部長と一緒にお酒を飲むのって去年の歓迎会以来だ。

それも、当時は彼狙いの他部署の女性社員まで集まっちゃって大人数になってしまった。なので、私は隅っこの方で気の合う同僚と飲んでいて、部長と一緒に飲んだって感じじゃなかった。

確か、あの時部長はあんまり飲んでなくて、一次会だけ出てすぐ帰ったんだっけ？

「部長は、お酒は？」

「俺も好きでよく飲む。ただ、アリスを飼ってからはもっぱら一人で宅飲みばかりだ」

あとは接待で飲むくらいだな、と黒崎部長は言う。

（一人で宅飲み？）

そこで私はふと疑問を覚えた。

今の話しぶりからすると、仕事以外で一緒に飲む相手がいないみたい。

「あの、部長って、彼女とかいないんですか？」

意外に思って尋ねると、黒崎部長は苦虫を嚙《か》み潰したような顔で、「いたらお前と二人きりでここには来ないだろう」と答える。

「あ、それもそうですね」

口止めのためとはいえ、女の部下と二人で飲みなんて、彼女がいたらしないか。

「でも意外ですねえ。部長、モテるのに」

「うるさい。ほら、何にするんだ」

　この話はこれで終わりだとばかり、黒崎部長がメニュー表を突きつけてくる。

「ええと、最初は生で」

「俺も。あとは適当に料理を頼むか」

　私達はあーだこーだとメニューを選び、生ビール二杯とおつまみになる料理をいくつか頼んだ。

　そして注文を受けた店員さんが部屋を出るなり、黒崎部長は自分のスマホを取り出して、私に見せてくる。

　その時、部長の眼鏡がキラッと光った気がした。

「これを見てくれ。うちのアリスの激カワショットだ」

「へっ？」

（げ、げきかわしょっと？）

　黒崎部長のスマホの画面には、頬袋をパンパンに膨《ふく》らませたリスの写真が表示されている。

「めちゃくちゃ可愛いだろう！」

「は、はあ」

（確かに可愛い。めちゃくちゃ可愛い、けど……）

鼻息荒く詰め寄られ、私はたじろいでしまう。

「それからこれ！　こっちは昼寝中のアリスだ。しかも俺の手の上で寝てるんだ。やばいだろう」

「や、やばいです」

二枚目は、黒崎部長の掌《てのひら》で眠っているリスの写真。

そのあとも、彼はアリスの可愛い写真を私に見せながら、活き活きとした表情でいかにアリスが可愛いかを力説する。

（あ、これは……）

私はてっきり、黒崎部長が私にお菓子をくれたり飲み物を奢《おご》ってくれたり、こうして食事に誘ってくれたりするのは、口止めの一環なんだと考えていた。

でも違う。これは……

「聞いているか高梨！　うちのアリスは気性も穏やかで人懐っこくて……」

（ペット自慢の相手としてロックオンされただけだー!!）

周囲にはリスを飼っていることを秘密にしている黒崎部長は、きっと今までペットの話ができる相手がいなくて、鬱憤《うっぷん》が溜まっていたのだろう。

そう思わせるくらい、彼はお酒や料理が運ばれてきたあとも、ペット自慢を続けた。

もう、どんだけ話したかったんだよってツッコミを入れたくなるほど。

黒崎部長ってば、本当に……

「アリスのことが、大好きなんですねえ」

私はふふっと笑ってしまった。

だってなんか、無性に可愛く思えちゃって。

すると、黒崎部長は何故か息を呑み、押し黙る。

いえいえ、馬鹿にしたわけじゃないんですよ。

熱烈にペットを愛する気持ち、私にもよくわかるから。

私だって、太郎さんの自慢を始めたらきっと今の黒崎部長みたいに……いや、ここまでひどくはないな。うん。

でもとにかく、微笑ましいなあって思ったんだ。

「今日はいっくらでも聞きますから、アリスの話、いっぱいしてください」

「ああ」

私の言葉に、黒崎部長が嬉しそうに顔を綻《ほころ》ばせる。

(わっ)

その穏やかで優しい表情を見て、私はドキッとしてしまった。

(仕事中も、もっとこんな笑顔を見せてくれたらいいのに)

そうしたら、職場の雰囲気もずっと良くなるんじゃないかな。

ああ、だけど黒崎部長がたくさん笑うようになったら、彼のことを好きになって仕事が手につかない女子が続出しそう。それはちょっと困る、かな。仕事に支障が出るのはよくない。うん。

何杯目かのビールを飲みながら、そんなことを考える。

「それでな、高梨」

「はいはい、聞いてますよ～」

そしてこの日、私は終電間近まで美味《おい》しいお酒と料理を楽しみつつ、黒崎部長のアリストークにお付き合いしたのだった。

その飲みの日に聞いたのだけれど、黒崎部長がアリスを溺愛していることは、私以外知らないらしい。

社内の人間はもちろん、友達や、離れて暮らすご家族にさえ言っていないというのだから驚きだ。

というわけで、部長は私以外にアリスの話ができる相手がおらず、以来、私はすっかり部長のペット自慢を聞く相手に認定されてしまった。

ペット話をする時には大抵食事とお酒も込み。部長とは食やお酒の好みも合うし、一方的に話すばかりじゃなく、私の太郎さん自慢も聞いてくれるので、なんだかんだで私いやあ、思う存分ペットトークができる相手がいるのって、いいね。

それに、普段は厳しい黒崎部長が相好《そうごう》を崩して嬉しそうにアリスの話をする姿は微笑ましい。私は自分だけが鬼上司の意外な一面を知っていることに、ちょっとした優越感も覚えていた。

ちなみに黒崎部長とアリスとの出会いは、今年の四月末。

当時の部長は、部下がミスを連発して残業続きになるわ、取引先に謝罪行脚《あんぎゃ》に行く羽目になるわ、その分、仕事はどんどん詰まっていくわでストレスが溜まっていたらしい。

思い返してみれば、この時期の黒崎部長は鬼気迫《ききせま》る様子で、いつも以上に近寄りがたかったかも。

で、話を戻すと、ストレスを爆発させた黒崎部長はその夜、仕事帰りにふらっとペットショップに立ち寄ったのだとか。モフモフな犬猫や愛らしい小動物に癒《いや》しを求めていたんだそうだ。……末期だったんですね。

するとそのお店で、可愛らしい仔リスが売られていた。それがアリスだ。

『見た瞬間、運命を感じた』

と、ビールのグラスを片手に恍惚《こうこつ》とした表情で語る黒崎部長は正直ちょっとキ……いや、なんでもない。

も楽しんでいる。

で、黒崎部長はそのリスを衝動買い！

さらに店員さんに勧められるまま、リスの飼育に必要な物も一通り大人買いした。

そして今に至る、と。

ちなみにちょうど同じころ、黒崎部長は仙台支社時代から付き合っていた恋人と破局していたらしい。

お互いに仕事が忙しく、転勤前から関係が悪くなっていたんだそうだ。納得ずくで別れたと言っていたけれど、たぶん仕事のストレスに加え、恋人と別れた寂しさもアリスを飼うことにした理由の一つなんじゃないかと私は思っている。

黒崎部長は、「アリスは俺の癒《いや》しなんだ」と語っていた。

部長の仕事量を考えると、小動物に癒《いや》しを求めたくなる気持ちもわかる。

まして彼は当社最年少で部長職に就任した人だ。その分、周りからの期待やプレッシャーも大きいはず。

愛情を注ぐ相手がいるっていうのは、このストレス社会で生きていく上で、大きな支えになるんだろう。

部長ほどのプレッシャーやストレスを感じているわけじゃないけれど、私も日々、愛犬の太郎さんに癒《いや》されているので、その気持ちはよくわかる。

太郎さんがいてくれるだけで、辛いことがあってもまた頑張ろうって思えるんだよね。

だからさ、もう好きなだけ可愛がったらいいんだよ。

三十過ぎの男が、リスを溺愛したっていいじゃないか！

私でよければ、いくらだってペット自慢を聞きますよ！　ただし私の太郎さん話も聞いてくださいね！

そんな気持ちで、私は黒崎部長と秘密の関係を続けていた。


そして十一月半《なか》ばの金曜日。

今夜も部長に誘われ、私達は食事がてらペット談議に花を咲かせることに。

黒崎部長と食事をするのは、もっぱら金曜日の夜が多い。休み前で気兼ねなく飲めるしね。

ただし時間は、いつも一時間ほどで切り上げる。終電近くまで飲んだのは、初めてペット自慢をされた夜だけだった。

なんでも、家にひとり残しているアリスのことが心配なのだとか。

かといって、定期的にアリスの自慢話をしないではいられないらしく、結果、今の形に落ち着いた。

今夜のお店は、会社から離れた場所にある洋風居酒屋。個室はないけれど、仕切りで各席ごとに区切られているので、人目を気にせずにいられるのがいい。落ち着く。

「お待たせいたしました～」

注文してしばらくすると、店員さんが料理とお酒を運んできてくれる。

テーブルにそれらが並んですぐ、黒崎部長が甲斐甲斐《かいがい》しく料理を取り分けてくれた。

いつもながら手際が良い。

本来なら部下でかつ女の私が女子力を発揮するべき場面なのだろうが、何度か食事を共にして、部長は人にやってもらうより自分でやりたい派の人だと知ったので、ありがたくやっていただくことにしている。

「ほら」

「ありがとうございます」

綺麗に盛りつけられた取り皿を受け取り、礼を言う。

「美味《おい》しそうですね～」

「この店には何度か来たことがあるが、ここのトマトとバジルのパスタは絶品だぞ」

ちょうど今、部長が取り分けてくれた料理だ。

湯気《ゆげ》と共にトマトとバジルの良い香りが立っていて、よだれが湧いてくるくらい美味《おい》しそうである。

それではさっそくと、私はフォークでクルクルとパスタを巻き取った。

（ありゃりゃ）

しかし思ったより量が多く、塊《かたまり》が大きくなってしまった。

（うーん、いけるかな？　いける……な）

また巻き直すのも面倒だったので、ふうふうと息を吹きかけたあと、あーんと大口を開け、ぱくんと一口に頬張る。

（おいしー！）

口いっぱいに入っているので声に出して言うことはできなかったけれど、私はにこにこ顔でもぐもぐと咀嚼《そしゃく》した。

（……ん？）

ふと見ると、黒崎部長がパスタに手をつけず、なにかこう、微笑ましいものを見るような、生温かい視線を私に向けていた。

「高梨は小さい割に、よく食うよな」

（ムッ）

確かに私は背が低い。

しかも小柄で華奢《きゃしゃ》ならまだしも、チビな上にぽっちゃりしている。

それがコンプレックスでもあったので、部長の言葉にムッと眉を顰《ひそ》めてしまった。

黒崎部長はそんな私のしかめっ面《つら》に気付いているのかいないのか、さらにこう言った。

「そんなに頬を膨《ふく》らませて、まるでうちのアリスみたいだ」

（頬……、頬袋）

部長に悪気はないのだろうし、ここは「リスと一緒にしないでくださいよ～」と、笑って流せばいいだけの話なのだろうけれど……

『お前は今日から、ハムスターのハム子だ！』

「…………っ」

「高梨？」

嫌なことを、思い出した。

私は昔からこんな体型だったので、小動物に例えられることにはまあ、慣れている。

特に食べる時なんかはつい口いっぱいに頬張ってしまうので、ほっぺたが膨《ふく》らむこともしばしば。その姿がハムスターやリスのようであると、よくからかわれたものだ。

昔はまだ、そんなに気にしていなかった。ハムスターやリスは可愛いし、似ていると言われても悪い気はしなかった。

それが変わったのは、つい数年前のことだ。

私は大学卒業後、今の会社に入社した。新入社員研修ののち、営業事務として配属されたのは第一営業部。

当時、私には四十代の営業事務の女性社員と、二十代の営業職の男性社員が教育係としてついていた。

営業事務の先輩は優しくて親切な人だったのだけれど、この営業の男性社員が……

『お前、なんかハムスターっぽいな。よし、お前は今日から、ハムスターのハム子だ』

そう私にあだ名をつけ、何かと私をいじるようになったのだ。

最初は笑って流していた私も、さすがに別の部署や社外の人の前でまで「ハム子」と呼ばれるのに辟易《へきえき》して、何度も「やめてください」と訴えた。

しかし先輩は「ハムスター可愛いんだからいいじゃねえか」と聞く耳を持ってくれなかった。私が昼食や差し入れのお菓子を食べるのを見ては、いちいち「おお、今日も頬袋膨《ふく》らんでんな～」とからかってきたり、おつまみ用のひまわりの種をわざわざ買ってきて、「お前の大好物買ってきてやったぞ」と食べさせようとしたりと、執拗《しつよう》に絡んできた。

そんなに毎回頬を膨《ふく》らませて食べていたわけじゃない。特に先輩の前ではほっぺたを膨《ふく》らませないように気を付けていた。けれど、頬が膨《ふく》らんでいなくてもからかわれたし、絡まれたのだ。

それだけでなく、私のことを頼りなくて仕事のできない人間だと決めつけ、ちゃんと仕事を教えず、コピーとかお茶出しとか、そういう雑用しかさせてくれなかった。

見かねた他の先輩達が教えてくれたり、仕事をくれたりしたものの、少しでも失敗し

「ほら、やっぱり」と鬼の首をとったようにと嘲笑《ちょうしょう》し、「ハム子だからな～」と馬鹿にした。

あのころは、先輩に小動物扱いされる度《たび》、社会人として、また一人の人間として認められていないのだという気になって、どんどん自分に自信がなくなっていって、辛かった。

一時は退職を考えるほど悩んでいたのだけれど、幸いというか、その先輩が大阪支社に転勤することになって、ホッとしたっけ。

残った人達に私を「ハム子」呼ばわりする人はいなかったし、その後、私も第二営業部に異動になって、今に至る。

それからの日々は、たまに鬼上司に雷を落とされたりと波乱もあるけれど、とても平和だ。

先輩や同僚にも恵まれていると思うし、最初は怖かった鬼上司とも、こうして一緒にお酒を飲めるようになった。

だけど、小動物扱いされるのがトラウマになっていたんだなあって、今の部長の言葉で気付かされた。

もちろん部長に悪気がないことはわかっているけれど、美味《お》しい料理に弾《はず》んでいた気持ちが、どんよりと沈んでしまう。

「高梨? おい、どうした? 大丈夫か?」

「あっ」

急に押し黙ってしまった私に、黒崎部長が心配そうに声をかける。

はっと気付いた私は「す、すみません」と苦笑した。

「ちょっと、ぼうっとしちゃって」

「体調でも悪いのか?」

「え、と」

(部長の言葉にトラウマを刺激されて、しばし思考がトリップしちゃってました~なんて、い、言えないよ)

どう答えたものか逡巡《しゅんじゅん》していると、部長は私のビールグラスを取り上げ、「今日は酒はやめておけ」と言う。

「いえ、あの、大丈夫ですよ? お酒も飲めますし」

私は慌ててビールグラスを取り返す。生ビール、飲みたい。

「本当に大丈夫か? 無理はするなよ。お前に休まれると、仕事が滞《とどこお》るからな」

「えっ」

私が驚きの声を上げると、部長はニヤッと笑って続けた。

「お前は仕事が速いし、丁寧だ。プレゼンテーション用の資料をまとめるのも、最近じゃ滝川《たきがわ》さんの次に上手ぃ」

（うそ……）

滝川さんは、うちの部署で一番の大ベテラン、五十代主婦の営業事務さんだ。

そんな大先輩の次に上手いと言われて、ちょっと、いや、かなり嬉しい、かも。

黒崎部長は私によく仕事を振ってくるなあとは感じていたけれど、まさかそこまで買ってくれていたなんて予想外で、胸が高鳴る。

「まあ、たまにあり得ない誤変換を見逃していたりもするが」

「うっ」

実は今日も、それで黒崎部長に雷を落とされたばかりだった。

二度確認したのに、見逃してしまっていたのだ。今度からは三度確認しようと思う。

「とにかく、これからクリスマス、年末年始と忙しくなる中で、お前はうちの大事な戦力だからな。体調不良で休まれると困るんだ」

「はいっ、肝《きも》に銘《めい》じます！」

鬼の黒崎部長が、私の仕事ぶりを認めてくれている。

大事な戦力だって、言ってくれた。

一人前の社会人として扱われなかった辛さを思い出し、暗くなっていた気持ちが一気に吹っ飛ぶ。

我ながら、単純だなあ、私。

でも、それくらい嬉しかったんだ。

理不尽に侮《あなど》られ、ろくに仕事もさせてもらえなかった新人のころに比べたら、厳しい鬼上司に扱《しご》かれつつも一人前として扱われている今が、戦力と思ってもらえている今が、とても幸せに感じられる。

「ありがとうございます、部長」

嬉しくって、つい調子に乗って、「乾杯しましょう、乾杯！」とグラスを掲《かか》げた私に、黒崎部長は苦笑しつつも、「はいはい、乾杯」と付き合ってくれた。

「私、これからも頑張りますね」

「おう、頑張れ。ただし、くれぐれも無理はするなよ。この間だって……」

「あっ」

黒崎部長が言っているのは、先週の水曜日のことだろう。

あの日、私は朝から体調が悪かった。

普段はそうでもないのだけれど、私には年に数回、生理痛が酷くなる月がある。今月はその酷い生理痛になってしまい、腹部の鈍痛に加えて頭痛までしてきて、グロッキー状態だったのだ。

しかも、痛み止めの薬を忘れるというおまけ付き。

自分の間抜けさに頭を抱えつつ、とにかく昼休みに薬を買いに行くまで耐えねばと無理をして仕事をしていたら、うっかり操作をミスして二重に商品の発注をかけて、思わず「うわっ！」と大声を上げてしまった。

その声に、私がミスをしでかしたと気付いたのだろう、黒崎部長からギロリと鋭い眼差《まなざ》しで睨《にら》まれ、彼のデスクに呼びつけられた。

そこで怒りのオーラを放つ部長におずおずと自分のミスを報告したところ……

『何をやっているんだ馬鹿者』

そう怒られた。そこまで大きな声じゃなかったんだけど、黒崎部長の声って迫力があるので、びくっとしてしまったっけ。

さらに、黒崎部長からの短いけれど心に刺さるお説教を聞く羽目に。

普段の私は、叱責を受けたらその分「次は見返してやる！」と奮起《ふんき》するタイプなんだけど、その時は体調が悪かったこともあって、いつも以上に落ち込んでしまった。

すると部長はお説教を終えたあと、ため息を吐いてこう言ったんだ。

『そもそも、そんな青い顔で職場に出てくるな。体調管理くらいしっかりしておけ。今日は帰っていい』

『えっ』

お前はもういらないと言われたように思えて、血の気が引いた。

青褪《あおざ》める私に、部長は言葉を続ける。

『帰ってきちんと休んで、体調を整えろ。その分、明日はちゃんと来いよ。こき使ってやる』

突き放されたわけじゃなかった。黒崎部長なりに、私の体調を心配してくれたのだ。

こうして私は早退させてもらうことになり、黒崎部長が私の発注ミスをフォローしてくれた。黒崎部長は言葉こそきついけど、優しい人……なんだよね。

「あの時はありがとうございました」

「気にするな。それよりほら、これを見てくれ。アリス用に回し車を新調したいんだが、どっちがいいと思う?」

彼が鞄から取り出したタブレットに表示されたのは、黒崎部長がピックアップしたらしい回し車の写真と商品概要だ。

「うーん、そうですねえ」

私は取り返したビールを一口飲んで、タブレットを覗き込む。

この日も、私達は美味《おい》しい料理とお酒、そしてペット話で大いに盛り上がったのだった。

三

黒崎部長と一緒に洋風居酒屋で飲んだ翌週。

パソコンとにらめっこしながら黙々とデータ入力をしていた私のデスクに、どさどさっと資料の山が落とされる。

「ふぁっ」

びっくりして顔を上げると、そこには凶悪な表情を浮かべた鬼……もとい、鬼上司の黒崎部長が立っていた。

「これ、今日中にまとめておいてくれ」

「今日中ですか⁉」

この量を、私一人で⁉

思わず「えええええ」と悲鳴を上げると、周りから「またか」と同情の視線が寄せられる。

このごろ、黒崎部長は前にも増して私に仕事を押しつけ……もとい、与えてくるのだ。

戦力として期待されるのは嬉しいけれど、さすがに限度ってものがあるよね。

（黒崎部長はやっぱり鬼だ〜！）

「お前ならできるだろう？」

「うっ」

そう言われて、嫌ですとは言えない自分が憎い。

「わ、わかりました」

私はこくんと頷く。やりますよ。やればいいんでしょう！

「よろしい」

はあ、これで今日も残業ぎりぎりかも。

資料の山を引き寄せながらため息を吐くと、黒崎部長の手が私の頭に触れる。

（えっ）

その仕草はあまりにも自然で、一瞬反応が遅れてしまった。

ぽかんとする私の頭を、彼はぽんぽんと撫《な》でる。

「頑張れよ」

「ふぇっ⁉」

励ましの言葉と共に甘い微笑まで向けられて、変な声が出た。

だ、だってまさか職場で黒崎部長に頭ぽんぽんされた挙句《あげく》、笑いかけられるなんて予想外すぎて。

仕事中はクールな表情しか見せない部長の不意打ちの微笑は、彼の怒声以上に心臓に悪かった。

（ど、どうしよう……）

黒崎部長の笑顔を見るのは、初めてじゃない。

もっとメロメロデレデレな顔でアリスの話をする黒崎部長を、何度も見てきた。

なのに……

（どうしてこんなに、心臓がバクバクするの……!?）

胸がドキドキして、ひどく落ち着かない。

だというのに黒崎部長は、人を動揺させるだけさせておいて、何事もなかったかのようにしれっと自分のデスクに戻っていく。

ううう、なんだか私だけが過剰に意識してしまったみたいで、悔しい。

私は彼の後ろ姿をうらめしく見つめながら、思う。

きっと黒崎部長は、ペットに「よしよし」する感覚でやっただけなのだろう。さっきのあれは異性として見ていないからこその、気安い接触だったのだ。

わ、私だって別に、その、黒崎部長のことをそういう目で見ているわけではないけど。

彼はあくまで私の上司であり、秘密のペット仲間に過ぎない。

そう自分に言い聞かせ、乱れた気持ちをなんとか鎮《しず》めようとしたところで、隣の席の山木《やまぎ》さん――私と同じ営業事務員で、年齢は二つ年上の二十九歳のお姉さんから「びっくりしたね～」と声をかけられた。

どうやら先ほどのやりとりは、彼女にばっちりしっかり見られていたらしい。

（あう……）

さらに恥ずかしいことに、目撃者は山木さんだけじゃなかった。周りから驚きや好奇の色が混じった視線を向けられていることに気付き、いたたまれなくなる。

あの『鬼の黒崎』が部下の頭を撫《な》でた挙句《あげく》、笑顔を見せたんだもんね。そりゃ驚きますよね。

「私、部長の笑顔なんて初めて見た～。部長って怖いけど、やっぱりかっこいいね」

山木さんは小声ながら興奮した様子で話しかけてきた。

「笑顔の破壊力やばーい。それに頭ぽんぽんって。高梨さんいいなあ、羨《うらや》ましい」

「え、えと」

なんと返したものか困っている私を尻目に、山木さんは言葉を続ける。

「私もあんな風にされたら、仕事めっちゃ頑張っちゃうのになあ」

黒崎部長が、他の人にもあんな風に？

確かに、イケメンな上司にそうやって励まされたら、頑張る女性社員は多そうだ。仕事の効率も上がるかもしれない。でも……

「……っ」

他の女性社員に笑いかけたり、頭をぽんぽんと撫《な》でたりする黒崎部長の姿を思い浮かべた瞬間、何故か胸がちくっと痛んだ。

それに、なんだかもやもやする。

前に、もっと笑顔を見せたらいいのにって思った時は、ここまでもやもやしなかった。

なのに、どうして今はこんな気持ちになるんだろう。

これじゃまるで、私が……

「あ、でも、そんなことになったらうちのダーリンに怒られちゃう」

ふふっと幸せそうに笑う山木さんには、そういえば超ラブラブな旦那様がいるのだった。

帰ったらダーリンに頭なでなでしてもらおう、と盛大に惚気《のろけ》て話を打ち切った山木さんに苦笑しつつ、私も仕事を再開する。

いつまでも動揺しているわけにはいかない。急いでデータ入力を終わらせて、資料にとりかからないと。

幸か不幸か、山木さんの惚気《のろけ》のおかげでちょっとクールダウンできたというか、気持ちも落ち着いてきた。

こちらに視線を向けていた人達も、今はもうそれぞれの仕事を再開している。

そうして私もデータ入力を終え、渡された資料にぱらぱらと目を通す。

（う〜、大量だあ…………ん？）

資料をめくっていたら、その中に黒崎部長からの伝言が書かれた付箋紙《ふせんし》が貼られていた。

『これをちゃんと片付けられたら、褒美《ほうび》に今度好きな物を奢《おご》ってやる』

しかもその横には、たぶんアリスを描こうとしたのだと思われる、下手くそなイラスト付き。

「ふはっ」

私はそれを見て、つい笑ってしまった。

黒崎部長、字は綺麗なのに絵は下手なんだなあ。

あんまりおかしくて、思わぬ接触に動揺させられたことも、資料の量が多くてげんなりしていた気持ちも吹き飛んでしまう。それほど破壊力のある絵だったのだ。

(ご褒美《ほうび》か、楽しみだなぁ。高いお肉奢《おご》ってもらおう)

ああ、私って、やっぱり単純でちょろいのかも。

私は、黒崎部長にこいつは遠慮なくこき使えると認識されちゃっているのかもしれない。

でも、それでいい。私は部長にとって、安心して仕事を任せられる部下でありたい。

だから頑張ろう。頑張って、与えられた仕事をちゃんとこなして、そして黒崎部長に褒《ほ》めてもらうんだ！　と、私は俄然《がぜん》やる気になった。

（待ってろよ！　高いお肉！）

その後も黒崎部長にどんどん仕事を割り振られる日が続き、私は例年以上に忙しい十一月、そして十二月を過ごすことになった。

残業に入る日が増え、疲労困憊《ひろうこんぱい》。でもそれ以上に充足感を覚えていた。

ハム子呼ばわりされていた新人のころに比べると、雲泥《うんでい》の差だ。今の方がずっと充実している。

それに部長は、私以上の仕事量をこなしているのだ。そういう彼の姿を見ていると、もっと頑張らなきゃって思えたし、自分のやっていることが部長の役に立っているのだと、誇《ほこ》らしくもあった。

そんな、「私ってこんなに仕事人間だったっけ？」と思うような日々を無事に乗り切った私は今、お正月休みを満喫《まんきつ》している。

我が社では、毎年十二月二十八日から一月四日までがお正月休みだ。

ただ、その期間も営業を続けている取引先が多いので、営業の社員達は休み中にも呼び出されることがあるとか。

（黒崎部長は、アリスとのんびりお正月を満喫《まんきつ》できているのかな？）

彼の実家は横浜にあるそうだが、アリスがいるから実家には帰らないと言っていた。

もし呼び出されていなければ、今ごろは自宅でアリスと一緒に過ごしているだろう。

普段仕事で時間がとれない分、休み中は思う存分構い倒したいと語っていた。

ただしこの時期は、リスは本来なら冬眠に入っている期間だ。ペットのリスの場合、部屋やケージを温かく保っておけば冬眠はしないことが多い。だけど、身体が冬眠モードに入っているリスは、ちょっかいをかけてくる人間を『冬眠を邪魔する敵』と認識して、攻撃してくるケースがある。

要は、この時期に気性が荒くなり、攻撃的になるリスが多いのだ。

だからあまり構いすぎない方が良いとアドバイスしたら、黒崎部長はちょっとしょんぼりしていたっけ。よっぽど構い倒したかったらしい。

（それでも、「アリスを見ているだけで幸せだ」なんて言ってたなあ……）

そんなことを思い返しつつ、私はリビングのソファにぐでーっと寝そべりながら、録《と》り溜めしていたドラマを消化していた。この機会に見てハードディスクの容量を空《あ》けておかないとね。

昼過ぎまで寝たり、好きな時間におせちをつまんだり、お餅を焼いて食べたり。

そして太郎さんと思う存分遊んだり、炬燵《こたつ》でお昼寝したり、ビールや日本酒を飲んだり……と、今年も怠惰《たいだ》なお正月を過ごす。ふはー、お正月最高。

ちなみに両親も似たような感じでダラダラしていた。

ただ兄だけは、恋人と一緒に初詣《はつもうで》に行ったり相手の実家に挨拶《あいさつ》に行ったりと、リア充なお正月を過ごしている。

そろそろ結婚も秒読みかもしれない。これまでちゃんと聞いていなかったけれど、結婚するとしたら、この家で一緒に住むのだろうか？

兄はこの病院の跡取りなので、その可能性は高い。

（うーん、それなら私は家を出た方がいいのかもしれないねえ）

ドラマを見ながら、私はぼんやり今後のことを考える。

ちなみに私の方は、大学で知り合った彼氏と数年前に別れて以来、ずっと一人だ。

いや、一人じゃない。私には太郎さんがいる。私は断じてぼっちではない！

最近は黒崎部長というペット仲間もいるし。

……っと、それはさておき。お嫁さんが来るのに、小姑《こじゅうと》がいつまでも家に居座っていては、お互いに気まずかろう。私がお嫁さんの立場なら、やっぱりちょっと気を使っちゃうもの。

一人暮らしに向けて動き始めるには良い頃合いなのかもしれない。

「うー！　でも太郎さんと離れるのは辛いなあ」

私はそう言って、近くで丸くなっていた太郎さんにぎゅうっと抱きついた。

「クウン」

「太郎さ～ん」

いっそペット可の部屋を探して、太郎さんも連れていっちゃおうかな！

でも都内でペット可の物件かあ。家賃高そう。

（そういえば、黒崎部長はペット可のマンションで暮らしてるんだよね。家賃、どれくらいなんだろう？）

参考に色々聞いてみたい気もする。お正月休みが明けたら、話してみよう。

「太郎さん、私についてきてくれるかい？」

そう尋ねると、太郎さんは「ワフッ」と鳴いた。

「うわあああ！　可愛い！　太郎さん、愛してる！」

「ワフッ！」

やっぱり愛犬は心の癒《いや》し。愛《いと》おしくて大事な家族だ。

改めてそう思ったお正月であった。

そして休み明け。

お正月気分が抜けないでいた私に、黒崎部長は新年早々たくさんの仕事を押しつけ……もとい、与えてくださった。おかげでダレていた気持ちが一瞬で引き締まったよ。

（はあ～。やっぱり部長は鬼だ）

ひいひい言いながら仕事をこなし、ようやく一息吐けた昼休み。

「……ん？」

自分のデスクでコンビニのサンドイッチを齧《かじ》っていたら、スマホに着信があった。メールだ。

（あっ）

メールの送り主は黒崎部長である。実は部長とは、お互いにメールアドレスを交換していたのだ。

いつまでも社用のメールでプライベートなやりとりをするのは気まずかったしね。以来、一緒に食事に行く時はこちらで日時を相談している。

それ以外にも、お互いにペットの写真を送り合うこともあった。つい先日も、太郎さんのキメ顔写真を送ったら、アリスの寝顔が返信されてきたっけ。

（ええと、なになに……）

『よかったら来週の金曜日、家にアリスを見に来ないか？』

「えええっ！」

いつもと同様に食事の誘いか、アリスの写真かと思っていたら予想外の内容で、私はつい大声を上げる。

ほとんどの人が社員食堂や外に昼食をとりに行っていて留守だったが、中には残って仕事をしている人や、ここでごはんを食べている人もいたので、何事かと注目を浴びてしまった。

その中には黒崎部長もいて、彼は私が自分の送ったメールを見て驚いたと気付いたのだろう。

何をやっているんだと咎《とが》めるような目を向けられ、慌てて謝る。

「お、お騒がせしてすみません。なんでもないです～」

周りにぺこぺこ頭を下げてから、私は再びスマホの画面に視線を落とした。

メールには続きがある。どうやら黒崎部長は久しぶりに誰かとゆっくりお酒を楽しみたいらしい。なんでもこのお正月は取引先への挨拶《あいさつ》回りなどに駆り出され、あんまりのんびりできなかったそうだ。

付き合いでお酒をたくさん飲みはしたけれど、気を使うばかりでちっとも飲んだ気がしなかったと書かれている。

さらに、私に生のアリスを見せたいとも書いてあった。私に生のアリスを見せ、その可愛さを存分に語り合いながら、一緒に飲みたいと。

これは、よほど鬱憤《うっぷん》が溜まっていると見た。

まあ十二月に入ってからは忙しくて、ペット談議もあまりできなかったもんね。

(うーん、どうしようかな)

お付き合いしたいのは山々だが、場所が黒崎部長の家、というのに引っ掛かりを覚えてしまう。相手は上司で、異性だ。そんなにホイホイおうちにお邪魔していいものか。

（でもなあ、相手は黒崎部長だし）

一方で、黒崎部長とはこれまで何度も一緒に食事し、飲んできた仲ということで気安さを感じてもいる。それに部長みたいに恰好良いエリート様が、私のようなチビぽちゃを相手にするとも思えないし、警戒心を抱くだけ失礼な気もする。

さらに言うと、あくまでメインはアリスとペットトークだ。

きっといつもと同じで、ごはんを食べてお酒を飲んで、お互いのペットの話をして盛り上がるだけに決まっている。

あと、生のアリスを見たいという気持ちもあった。

一応、黒崎部長がうちの動物病院に駆け込んできた時に会っているのだけれど、あの時はケージに入っていて、よく見えなかったし。

それから、部長がどんなお部屋に住んでいるのかも興味がある。

ちょうど一人暮らしを考えていたところだったので、参考までに話を聞きたかった。

ならばと、私はスマホをタップして返信を打ち込む。

『お誘いありがとうございます。生のアリス、見たいです。ぜひお邪魔させてください』

そうして私は、黒崎部長とアリスの愛の巣にお邪魔することになったのだった。

（ふふ、楽しみだなあ）

あっという間に時は過ぎて、約束の金曜日になった。

幸いにしてこの日は残業にはならず、定時で上がることができた。まあその分、就業時間中に頑張って仕事を終わらせたのだけれど。

黒崎部長の方は、少しだけ残業していくらしい。

私はいったん家に帰り、着替えてから部長の家に向かうことにした。

家族には、今日は職場の人と飲みに行くので夕飯はいらないとあらかじめ伝えてある。

「ワンッ！」

おかえりなさい！　とばかりに、熱烈に出迎えてくれた太郎さんを思う存分モフったあと、私はシャワーを浴びて、私服に着替えてから化粧をする。

選んだのは、今年の初売りで買ったグレーのニットワンピース。それに黒のタイツを合わせ、紺色《こんいろ》のスタンドカラーコートを羽織《はお》る。このコートはデザインも可愛いし、私のようなチビぽちゃでも気持ちスッキリして見えるので気に入っているのだ。

そして通勤用のバッグから、この服に合わせたおでかけ用のバッグに中身を詰め替え、準備オッケイ。

履《は》いていくのも、通勤用とは違う、ちょっとだけヒールのあるブーツだ。

なんとなく装《よそお》いに気合が入ってしまうのは、それだけ黒崎部長のお家に遊びに行くということに気負いがあるからなのかもしれない。

「それじゃあ、いってきまーす」

「はい。楽しんでらっしゃい」

「ワンッ」

玄関先で母と太郎さんに見送られ、私は家を出る。

黒崎部長のマンションは、ちょうど私の家と会社の間にあった。ちなみにうちの最寄り駅から二駅先と近い。

だからこそ、部長もうちの動物病院に駆け込んで来たのだろう。

電車に揺られ、目的の駅で降りる。

そこからは事前に教えられていた住所をナビアプリに打ち込み、それを見ながら歩く。

部長には駅まで迎えに行こうかと言われていたのだけれど、駅の近くだと聞いていたので断ったのだ。ちなみに家を出る前にメールしたところ、部長はもう家にいるらしい。

(っと、そうだった)

黒崎部長の家に行く前に、通りかかったコンビニに寄ってお土産《みやげ》を購入する。

今夜のお酒や料理は全て部長が用意してくれているとのことだが、手ぶらで行くのも気が引けるからね。

部長と私が好きなメーカーの缶ビール数本と、おつまみになりそうなスナック菓子。それから、これは私が食べたいという理由で、カップのアイスも数種類買っていく。

そうして買い物袋を持って歩くことしばし。最寄り駅から徒歩十分ほどの距離に、黒崎部長の住むマンションはあった。

（わあ……）

見上げて、つい階数を数えてしまう。ええと、一、二……八階建てだ。

まだそう築年数が経っていないのか、綺麗な外観をしている。

ドキドキしながらエントランスに入り、エレベーターに乗って五階へ。このフロアの右端にある角部屋が、黒崎部長のお住まいである。

（ここで合ってる、よね？）

念のためメールを開いて部屋を間違えていないか確認したあと、ここへ来るまでに寒風に晒《さら》され、ちょっぴり乱れた髪を手櫛《てぐし》で直し、深呼吸してからインターフォンを鳴らした。

心臓がまだドキドキしてる。私、緊張しすぎだろう。

いやしかし、相手がただの上司とはいえ、男の人の部屋に遊びに行くなんてここ数年なかったのだ。緊張くらいするさ。うんうん。

なんて、心の中で一人納得していると、ガチャッと音を立てて扉が開いた。

「いらっしゃい。わざわざ来てもらって、悪かったな」

（うっ、うわあああああああ）

出迎えてくれた黒崎部長の姿を見て、私は目を見開く。

初めて見る彼の私服姿が、予想以上の破壊力だったのだ。

部長が着ているのは、柔らかそうな素材のグレーのシャツに黒のパンツ。なんてことないシンプルな装《よそお》いながら、スタイルが良いおかげかとても恰好良く見える。

おまけにシャワーを浴びたばかりなのだろう、彼の黒髪はしっとりと濡《ぬ》れていた。それが妙に色っぽくて、ドキッとしてしまう。

「おっ、お邪魔、しまふ」

「ふっ、噛《か》んだぞ」

（は、恥ずかしい！）

動揺のあまり噛《か》んだ私を笑いつつ、黒崎部長は来客用のスリッパを出し、中に通してくれる。

この部屋は、南向きの角部屋で１ＬＤＫ。玄関の左側に洗面所や浴室、トイレなどの水回りがあり、短い廊下の先にキッチンとリビングダイニング。そしてその左隣に寝室となる洋室があるらしい。男の一人暮らしにしては広い部屋だ。

（家賃、いくらくらいなんだろう。確実に十万は越えてそう）

キッチンもリビングダイニングも、まるでモデルルームのように整っている。家具や調度品もシンプルながらお洒落《しゃれ》だ。ただ綺麗すぎて、あまり生活感がない。

そんな中、リビングダイニングの奥にアリス用のケージがドーンと鎮座《ちんざ》していた。

「うわあ、実物を見るとやっぱり大きいですね」

写真で見たことがあったけれど、実際に目にするとより大きく感じる。

五十センチ四方で高さは九十センチあるというリス用のケージは、黒崎部長がアリスを買ったペットショップで一番大きいものを選んだそうだ。広々とした空間で、アリスもさぞ快適だろう。

（しかし、部屋に合わないな～）

この一角だけ、お洒落《しゃれ》な部屋にそぐわない妙な生活感を醸《かも》し出している。

そのギャップがおかしくて、緊張していた気持ちがちょっぴり解《ほぐ》れた。

「近くで見てもいいですか？」

「ああ、もちろんだ」

飼い主の了解を得て、アリスはどこかな～と近付いてみると、ケージの上の方に備え付けられた木製の巣箱の中で、もぞっと何かが動く気配がした。

じいっと見ていたら、丸く切り取られた入り口からアリスがひょっこりと顔だけ出し、こちらを見上げてくる。

その時の、「うん？」と言わんばかりに小首を傾げる仕草に、私のハートはドスッと打ち抜かれた。

「か、かわ……っ」

（えええ、リスってこんな可愛かったっけ？）

アリスの可愛らしさに震えている私に、隣に来た黒崎部長が「そうだろう、そうだろう」と、うんうん頷く。

私は部長からアリスに視線を戻し、言った。

「生のアリス、やばいです」

「だろう」

「呼んでくださってありがとうございます、部長」

そうお礼を口にすると、黒崎部長は目元をふっと和《やわ》らげ、私の頭をぽんぽんと撫《な》でた。

「今日は思う存分、アリスを見ていってくれ」

そう言って、黒崎部長は私が渡したお土産《みやげ》の袋を持ち、キッチンの方に向かう。

お言葉に甘えて、私はしばしケージ越しにアリスを眺めることにした。

アリスは巣箱から上半身だけを出している。

これまで何十枚とアリスの可愛い写真を見せられてきたけど、実物はそれを遥《はる》かに上回る可愛らしさだ。ずっと見ていても飽きないくらい、惹《ひ》きつけられる。

「可愛いなあ」

本当は触ってもみたかったけれど、やはりこの時期はちょっぴり気性が荒くなっているかもしれないのでやめておこう。

「あっ、そうだ」

ひとしきり眺めたあと、私ははっと思い出し、バッグからある物を取り出す。

そして私がアリスを眺めている間、キッチンで一人酒盛りの準備をしている黒崎部長に声をかけた。

「アリスのお土産《みやげ》におやつを持ってきたんですが、あげてもいいですか？」

これはペットショップなどで売られている、リス用のおやつ。蒸したサツマイモを小さくカットし、乾燥させたものらしい。

アリスにあげようと思って、つい先日、太郎さんのドッグフードを買うついでに購入していたのだ。

そのパッケージを見せてお伺いを立てると、黒崎部長は「ああ、少しならやってもいいぞ」と承諾してくれた。

「アリス〜、おやつですよ〜」

私はさっそく封を切り、ケージの入り口を開け、中ほどに置かれた木製のステージの上にあるエサ皿におやつをちょっと入れた。

（食べてくれるかな）

すると匂いを感じとったのか、アリスが鼻をひくひくさせつつ、巣箱からするすると出てくる。

（可愛い！）

ようやく全身が見られた！

うわあ、背中の縞模様《しまもよう》が綺麗。それに、丸っとしたお尻から伸びる尻尾もキュートだ。

アリスは止まり木を器用に渡りながらエサ皿に近寄ると、私が置いたおやつを両手で抱え、カリカリと音を立てて食べ始める。

「～っ！　か、かわっ……！」

一心不乱におやつを齧《かじ》る姿は、悶絶《もんぜつ》ものの可愛らしさだった。

可愛い！　と全力で叫びたいくらいだ。

しかしここで大声を出してはアリスを怯《おび》えさせてしまうので、必死に耐える。

でも可愛い！　なんだこの可愛さ！　天使か！

確かにこれは、写真だけでは伝わらない魅力だ。

たまらず、私はキッチンに移動して黒崎部長に話しかける。

誰かに、この可愛さを語りたくて仕方なかったのだ。

「アリスがおやつ食べてくれました！　めっちゃ可愛いです！　可愛すぎです！　なんなんですかあの生き物！」

これまで動物病院の仕事を手伝っていて、リスと触れ合う機会もあった。

けれど、うちに来るリスは当然ながら怪我をしていたり病気になっていたりと元気のない子ばかりだったので、こんな風に普通にリスを見るのも、おやつをあげるのも初めて。

まさかこんなに可愛いとは！

そう力説する私に、黒崎部長はとても満足そうに「だろう、そうだろう」と頷いている。

「ようやくわかりました。確かにこれは、人に自慢したいし見せたくなる可愛さです。むしろ部長、今までよく耐えてきましたね」

私なら世界中に自慢したくなっちゃう！　と興奮冷めやらぬ私の頭に、ふわっと黒崎部長の手が下りてくる。ぽんぽんと頭を撫《な》でられたのだ。

（あ、また）

ちょうどいい位置に頭があるからなのか、部長はこのごろ、やけに私の頭を撫《な》でてくる。

おかげで、彼にこうして撫《な》でられるのにも慣れつつある自分がいた。ちょっと前までは考えられない事態だ。

（ふへへ）

それにこうして彼に撫《な》でられるのは、嫌じゃない。

小動物扱いされることには抵抗があったはずなのに、黒崎部長に対しては何故か、嫌だという気持ちが湧いてこない。

むしろ、アリスのように彼に甘やかされることをちょっぴり嬉しいとさえ思ってしまう。

部長はそんな私の頭を撫《な》でながら、微笑を浮かべて言った。

「アリスのおやつをありがとうな。それから土産《みやげ》も。俺達も飯にするか」

あっ、そういえば今夜はアリスを愛《め》でつつ食事とお酒を楽しむのが目的だった。

アリスを見てすっかり目的を果たした気になっていた私は空腹だったことを思い出し、はっと我に返る。

上司の家ではしゃぎすぎだろう、私！

しかも結局、食事の支度を部長一人にさせていた。

「す、すみません。手伝います」

そうして私は今更ながら、着たままだったコートを脱ぎ、バッグと一緒にソファに置かせてもらって、準備を手伝う。

黒崎部長はほとんど自炊しないらしく、キッチンはすごく綺麗だった。そのため今夜の料理は彼が買ってきたお惣菜《そうざい》だ。

しかし気を使ってくれたのか、はたまた普段からよく食べているのか、並んでいるのはとっても美味《おい》しそう、かつちょっとお高そうなお惣菜《そうざい》ばかりで、私はテンションが上がってしまう。

お皿に移す前にパッケージを見たら、デパ地下などに出店している有名なショップのお惣菜《そうざい》だった。確か駅ビルにも出店しているので、帰りに寄って買ってきてくれたのだろう。いつか食べたいなと思っていたし、めっちゃ嬉しい！

彩《いろど》りも美しい京野菜とタコのサラダに、蟹《かに》と海老《えび》を贅沢《ぜいたく》に使ったグラタン。ホタテとブロッコリー、カブのハーブグリル。ふんわりふっくらとしたダシ巻き卵、黒酢餡《くろずあん》がたっぷり絡んだ肉団子、手鞠寿司《てまりずし》まで！

（うわあああ、すごい！）

私が一人感動していると、黒崎部長は缶ビールをぷしゅっと開け、グラスに注いだ。

あああ、すみません。部長の分は私がお注ぎします～！

慌てて缶ビールを受け取り、彼のグラスに黄金のお酒をトクトクと注ぐ。

それから改めて、二人で「乾杯」とグラスを合わせた。

まずはごくっ、ごくっと喉《のど》を鳴らしてビールを飲む。ぷっはあ、美味《おい》しい。

そして何から食べようかな～と、美味《おい》しそうなお惣菜《そうざい》の数々に視線を移した。

(ここはやっぱり、大好きなダシ巻き卵からかな!)

私は卵料理が大好きだ。中でもダシ巻き卵が一番好きで、メニューにあると絶対に頼むほど。

にこにこしながら取り皿にダシ巻き卵を載せていたら、向かいに座っていた黒崎部長がくくっとおかしそうに笑い出した。

「やっぱり最初はそれを選んだか」

「えっ」

「お前、メニューにダシ巻き卵があると必ず頼むし、いつも一番に手をつけるんだよな」

き、気付かれてたんだ。

だから今回もダシ巻き卵を買ってきてくれたのかなと思うと、照れくさいやら嬉しいやらで、かあああっと顔が熱くなってしまう。

こ、これはきっと、アルコールが回ったせい! そうに違いない。決して、私を見る黒崎部長の眼差《まなざ》しが妙に甘く優しかったからとかではない!

必死に自分に言い聞かせ、私は大好きなダシ巻き卵をもぐもぐと食べ始めた。

「うわ、おいしー!」

レンジで温め直したダシ巻き卵は、ダシの味がぎゅっと詰まっていてとても美味《おい》しかった。

「ほら、もっと食え」

そう言って、黒崎部長は私のお皿にダシ巻き卵や肉団子、ハーブグリルをどんどん載せていく。

ちょっ、そんな一度に食べられませんよ～！

「もう、部長も食べてください！」

私はお返しとばかりに、部長のお皿に熱々のグラタンをたっぷり取り分けた。

ふふん。グラタンは熱い方が美味《おい》しいからね。これもレンジで温め直したのだ。

「あっ、おま……っ」

猫舌の黒崎部長は、熱々のグラタンを見て眉間に皺《しわ》を寄せる。

私は手をつけられずにいる部長を見てにんまりと笑い、肉団子をあーんと口にした。

（おいしー！）

どのお惣菜《そうざい》も、とっても美味《おい》しいです！

四

「それで、その時太郎さんの鼻にてんとう虫が飛んできて、太郎さん『クチュンッ!』って!」

「あはははは。可愛いなあ!」

黒崎部長が用意してくれたお惣菜《そうざい》を食べ尽くしたあとも、私達の酒盛りは続いた。

会話のネタはもっぱら、お互いのペットについて。それから仕事の話もちらっと。

これまでは一時間ほどで切り上げていたから、こんなに長く黒崎部長と飲むのも、話すのも、ずいぶんと久しぶりだ。

お酒が私達をさらに饒舌《じょうぜつ》にさせ、話は尽きず、楽しい時間が続いていく。

(はあ〜、なんかふわふわする)

私はついつい杯を重ねて、いつも以上に酔っ払っていた。

それは黒崎部長も同じなのか、頬を赤くして、さっきからずっと上機嫌に笑っている。

会社の人が今の彼を見たら、きっとびっくりするだろうな。

そんな黒崎部長の姿を私だけが知っているということに、優越感を覚えてしまう。

「こんなに飲んだのは久しぶりだ」

「私もれす」

ああ、だめだ。呂律《ろれつ》が回っていない。

うー、これはやばい。そろそろ帰った方がいいよね、とバッグからスマホを取り出して時間を確認する。

「あら～」

「どうした？」

「終電の時間過ぎてます～」

やっちゃった。

でも仕方ない、今日はタクシーで帰ろう。

幸いここから家まではそう遠くないので、タクシー代もそんなにはかからないはずだ。

とりあえずタクシーを呼ぶぞ～と、タクシー会社の電話番号を調べようとしたら……

「泊まっていけばいいだろう？」

「へぁっ」

黒崎部長に言われ、変な声を出してしまう。

いや～、でもそれはさすがにまずいのでは？

「嫌なのか？」

「嫌というか……」

あ、あれ～？　なんで部長、こっちに迫《せま》ってくるの。

テーブルを挟んで向かいに座っていた部長が、じりじりとこちらににじり寄ってくる。

そして気付けば——

「帰らないでくれ」

「んっ」

スマホを持つ手首を握られ、間近に迫《せま》った彼にキスをされていた。

（えええええええええええええええええええ!?）

いっ、今、私、キスを!?

あの『鬼の黒崎』とキスをした!?

「ふぁっ」

しかも黒崎部長は、もう一度唇を重ねてくる。

そして私は、ふかふかのラグの上に押し倒された。

（あっ……）

どうして部長とこんなことをしてるんだろう。

わけがわからないまま、彼の舌が私の唇を割って中に入ってくる。

熱い舌に口内を掻《か》き回され、甘い痺《しび》れが走った。

「んっ……ふぁっ……」

（……部長、キス上手い……）

黒崎部長はさらに、私が零《こぼ》した唾液を唇ごと、ちゅっ、ちゅっと吸い上げていく。

まるで蜜を貪《むさぼ》ろうとする獣《けもの》みたいで、その必死さに、キュンと身体の奥が疼《うず》いた。

「んぅ」

何年ぶりかのキスは、これまで味わったことがないくらい淫《みだ》らで、気持ち良い。

その快感は、私から抵抗する気をみるみる奪《うば》っていった。

「あ……っ」

唇が離れ、眼鏡越しに私を見つめている黒崎部長と視線がぶつかる。

彼の瞳は、熱に浮かされ情欲が滲《にじ》んでいた。

黒崎部長が、私みたいなチビぽちゃをそういう対象にするなんて、信じられない。

これはきっと、お酒のせいなのだろう。今日は私も彼も、いつも以上にお酒を過ごしてしまった。

だから……

「んっ」

再び下りてきた彼の唇を受け入れたのも、この先を求めるように服の上から私の身体を弄《まさぐ》る彼の手を止めないのも、お酒のせい。酔っ払っているせい。

そう自分に言い訳して、私はこの状況を受け入れることにした。

「高梨……」

「あっ」

ニット生地のワンピースの上から、少し乱暴に胸を揉《も》まれる。

厚手の服と下着に阻《はば》まれたのが気に入らなかったのか、彼はワンピースの裾を掴み、私を万歳《ばんざい》の恰好にさせて、早々に脱がせてしまう。

ワンピースの下は、黒いインナー。それも脱がされ、ブラジャーに包まれた胸が彼の眼前に晒《さら》される。しかも下は黒タイツ。さすがに恥ずかしい。

私はもじもじと胸と下を手で隠す。隠しきれないのはわかっているけれど、そうせずにはいられなかった。

「……可愛い」

すると黒崎部長はぽつりと何かを呟き、私の手を取って、自分の口でブラのカップをずり下げる。

「ひうっ」

そのまま、彼は左胸の頂《いただき》にちゅうっと吸いついてきた。

「あっ、ああっ……」

彼は左手で私の右胸を揉《も》みしだき、右手でタイツに包まれた太ももを撫《な》でながら、唇で左胸の頂《いただき》を愛撫《あいぶ》する。

胸を弄《いじ》られるのはもちろん、太ももを撫《な》で回されるのもくすぐったくて、き、気持ち良くて。私の身体はますます熱を高めていった。

「んっ」

ひとしきり左胸を舐《な》め回した彼が、今度は右胸に食いついてくる。

彼の柔らかい髪が当たって、くすぐったかった。

「ああっ……ん」

唇で頂《いただき》を食《は》まれ、軽く引っ張られるだけで、はしたない嬌声《きょうせい》が零《こぼ》れてしまう。

「柔らかくて、気持ち良い」

彼はうっとりと囁《ささや》き、私の胸を揉《も》み、舐《な》めた。

いつの間にか太ももを撫《な》でる手も上に移り、背中に回され、ブラジャーのホックが外される。

「んあああっ」

指先で頂《いただき》をつままれ、捏《こ》ねられ、たっぷりと唾液を絡めた舌に舐《な》められ、ぞくぞくっと快感が走った。その舌がやけに熱く感じられるのは、お酒のせいだろうか。

そうしてひとしきり胸を愛撫《あいぶ》した黒崎部長は、その手をつつっと下に移動させ、タイツに包まれた私の下腹を撫《な》で、秘所に触れた。

「あっ」

そ、そこはだめ……っ！

「ひゃうっ」

咄嗟《とっさ》に止めようとしたけれど、間に合わなかった。

「ここまで染みるくらい、濡《ぬ》れてる。そんなに気持ち良かったのか？」

「うう……っ」

彼の言う通り、私のソコはタイツ越しにもわかるくらい、しとどに濡《ぬ》れてしまっている。

それが恥ずかしくてたまらなくて、私は自分の顔を両手で隠した。

「本当に可愛いな、お前」

「えっ、あっ、だ、だめっ！」

黒崎部長は突然私の股間に顔を埋《うず》め、タイツの上からソコを舐《な》め始める。

（え、ええ？　なんで!?）

セックスの経験はあれど、ソコを……しかもタイツの上から舐《な》められたことなんてなくて、私は混乱するばかり。

「だ、だめだったらぁ……っ」

力の入らない手で黒崎部長の頭を押し返そうとするけれど、効果はない。

むしろ彼は、ことさら嬲《なぶ》るように舌を這《は》わせていく。

「ううっ……」

ふーっ、ふーっと、彼の荒い息が秘所に当たる。

それに、黒崎部長の鼻先に押され、擦《こす》られ、気持ち良い。

タイツの上から舐《な》めるなんて、部長は変態なのか。

だけど、そうされて興奮し、感じてしまっている私もまた、変態なのかもしれない。

「うぁっ」

いつしか抵抗する気も失せ、私は彼が与えてくれる快感を享受《きょうじゅ》し始めていた。

でもその快感は、タイツと下着という二つの壁に阻《はば》まれた、ひどくもどかしいものでもある。

「……っ、ぶ、ちょ……っ」

これはお酒のせい。そして、彼が与える快楽のせい。

そう自分に言い訳して、私は身体が求めるまま、はしたないおねだりを口にした。

「ちょ、ちょくせつ、してくださ……っ」

邪魔なタイツと下着を剥《は》ぎ取って、直接ソコを舐《な》めてほしい。

そんな私のおねだりに、股間から顔を上げた黒崎部長はにやりと笑い、「わかった」と答えた。

直後、タイツに手をかけ、その下のショーツごと、私の脚から引き抜いてしまう。

私は、彼の唾液と自身の愛液とでしとどに濡《ぬ》れる秘裂を、黒崎部長の眼前に晒《さら》すことになった。

その秘裂に、再び彼の唇が下りてくる。

「んんんっ……！」

直接ソコを舐《な》められ、先ほどの比ではない快感が私を襲《おそ》う。

ちゅるちゅると音を立てて蜜を吸われ、襞《ひだ》を舐《な》め回されるのは恥ずかしい。恥ずかしいけど、すごく、気持ち良い。

「あっ、ああっ……」

どんどん蜜が溢《あふ》れていくのが、自分でもわかる。

すると、黒崎部長はいったんソコから顔を離し、今度は指で愛撫《あいぶ》し始めた。

「ひうっ」

ぬぷぬぷっと、彼の長い指が私のナカに沈んでいく。

「狭いな。もしかして、初めてか？」

問われ、私は快感に震えながらふるふると首を横に振った。

「ひ、久しぶりで……」

「なるほど。俺も、久しぶりだ」

「んあああっ」

彼の指の動きが速くなる。

いつのまにか、指が一本から二本に増えていた。

そして、その指に一番敏感な陰核をきゅっと挟まれて……

「ひゃっ、ああああっ」

私はびくびくっと身体を揺らし、絶頂を迎えた。

「……はあ……っ」

果てたばかりの私は、くったりと背後のソファにもたれかかる。

黒崎部長はそんな私を満足そうに見つめ、声をかけてきた。

「ここじゃ狭いな。場所を移すか」

「……？」

私が答えるより早く、彼は裸の私をひょいっと横抱きに抱えてしまう。

（えっ、あっ、え？）

重いだろうに、そういった素振りを一切見せず、黒崎部長は私を隣の部屋——寝室に連れ込んだ。

「あっ」

どさっと落とされたベッドは、一人で使うには十分すぎるほど広かった。たぶんダブルベッドだ。

そんなことを考えている間に、彼は扉を閉め、寝室の灯りを点《つ》けてから、自分も服を脱ぎ始める。

（わあ……）

服に隠されていた黒崎部長の身体は、細身ながら引き締まっていて、逞《たくま》しく見えた。

私のぽっちゃりボディとは大違いだ。

そして、彼の雄は……

「おっきい」

すっかり勃《た》ち上がっているソレを見て、私はごくりと息を呑む。

だって、今まで見たことがないくらい大きかったのだ。といっても、私が裸を見たことがある男性は元彼一人だけだけれど。

「可愛いことを言って、俺を煽《あお》りたいのか？」

黒崎部長はくくっと笑ってベッドに上がってくる。

続けて私の頭の後ろに手を伸ばすと、ベッドのヘッドボードの棚から避妊具を取り出した。

酒の勢いであっても、避妊はちゃんとしてくれるらしい。私はホッとしつつ、パッケージを開け、自身にゴムを被せる黒崎部長をじいっと見つめる。

「あんまり見るな」

「すいません、つい、面白くて」

可愛い女の子なら恥じらうところなのかもしれないが、私は黒崎部長のちょっぴり間抜けな姿に興味を引かれてしまった。

「さっきまで可愛かったのに、急に生意気になったな」

「うっ」

先刻までの自分の痴態《ちたい》を思い出し、言葉に詰まる。

あれはその、気持ち良くて少し頭のネジが飛んでしまっていたというかなんというか……

「……な、なら、もうやめます？」

ちょっとムスッとした顔で言うと、黒崎部長はにやっと笑って、「やめない」と答えた。

「あっ」

そして眼鏡を外してベッドのヘッドボードに置いた彼が、私のおでこにちゅっとキスをして、押し倒してくる。

「入れるぞ」

「は、はい……っん……」

指で解《ほぐ》されていたとはいえ、久しぶりに男の人を受け入れるのはやはり苦しかった。

痛みで顔をしかめる私に、黒崎部長は何度もキスをくれる。額《ひたい》や頬、首筋に。大丈夫だと宥《なだ》めるように、甘やかすように、何度も。

「ああっ……」

それに彼は私を気遣ってか、無理に押し進めようとせず、反応を見ながらゆっくりと挿入してくれた。

時間をかけ、ようやく彼を根元まで受け入れる。

「はああ……っ」

やっぱり、大きい。かつてない圧迫感だ。

同時に、表現できないほどの充足感を覚える。この感覚はいったいなんだろう。

「すまん、高梨。動いていいか……？」

ちょっとだけ余裕のない声で、黒崎部長がお伺いを立ててきた。

ちゃんと聞いてくれるんだなと嬉しくなりつつ、私はこくんと頷いて、衝撃に耐えるため、シーツにぎゅっと爪を立てる。

「……っ、あっ！」

そして、彼はゆっくりと腰を動かし始めた。

黒崎部長の雄が熱く脈打っているのを感じる。

これに貫《つらぬ》かれているなんて、こうして彼と一つになっているなんて、信じられない。

今更だと自分でも思うけれど、まだどこか現実感が乏《とぼ》しくて、夢じゃないかと疑ってしまうのだ。

でも、これは確かに現実だと知らしめるみたいに、快楽の波が押し寄せてくる。

「あっ、ああっ……」

最初は優しく、様子を窺《うかが》うようだった黒崎部長の動きが、だんだんと激しさを増していく。

「あっ、あっ、あっ、あああっ」

硬い楔《くさび》に何度も蜜壷《みつつぼ》を穿《うが》たれ、甘い痺《しび》れにも似た快感が全身を駆け巡る。

(なにこれ、きもちいいっ)

実を言うと、私は挿入でここまで感じたことはなかった。

陰核を直接刺激される方が、よっぽど気持ち良かったのだ。

「あうっ、あっ、ああっ」

だけど今、私はこんなにも感じてしまっている。

みっともなくよがり、嬌声《きょうせい》を上げているのが恥ずかしい。なのに、止まらない。

「くっ……、狭くて、熱くて……やばいな……っ」

余裕のない声が、黒崎部長の唇から零《こぼ》れた。

私だけでなく、彼も感じてくれているのだ。

そのことが嬉しくて、私は理性を振り払い、与えられる快楽を素直に受け入れる。

もっと気持ち良くなりたい。黒崎部長と、一緒に……っ。

「んっ、きもちいい……っ、きもちいいですっ……ぶちょ……っ」

「お前……っ、ほんと……」

「ひあっ」

彼の腰の動きがいっそう激しくなる。

そして私も、自分からさらなる快感を求めて腰を振った。

その様《さま》は、まるで発情した獣《けもの》のよう。

だけど、そんなのはどうでもよくなるくらい、私は黒崎部長とのセックスに夢中になっていた。

身体の相性が良いって、こういうことを言うのかもしれない。

「ぶちょぉっ」

ねだるみたいに彼の首に手を回し、抱き寄せ、唇を合わせる。

「んんっ、ふうっ」

恥も外聞もなく肌を合わせ、腰を振って、熱を高めて。

そうして私達は一つに溶け合い、意識を遥《はる》か高みへと放出する。

「んあああっ……」

「……っ」

二度目の絶頂を迎えた私は、まだナカにいる彼の雄をきゅうきゅうと締めつけた。

黒崎部長がくっと眉をひそめ、息を呑む。

その苦しげな顔がとても色っぽくて、私はゾクゾクした。

私も彼に快楽を与えられることに、喜びを感じてしまう。

二度も果てたのに、また熱が――欲が込み上げてくる。

もっとこの人としたい、もっと、もっと……と。

それは黒崎部長も同じだったのか、ゴムのナカに精を吐き出したあと、彼は避妊具を着け替え、再び私にのしかかってきた。

「んっ……」

もう一度このまま正面から貫《つらぬ》かれるかと思いきや、黒崎部長はふと考えついたように言った。

「高梨、後ろ向いて」

「ふぇ？」

「今度は後ろからしたい」

そうして、彼は私の身体を起こすと、四《よ》つん這《ば》いの恰好にさせる。

「白くて丸くて、可愛い尻だな」

「んっ」

うっとりと囁《ささや》かれ、黒崎部長の手にお尻を撫《な》でられる。

可愛くなんてない。大きめのお尻は、私のコンプレックスの一つだ。

しかし彼はお尻の形を確かめるみたいにひとしきり撫《な》でたあと、何を思ったのか、むっちりとしたお尻をぺろぺろと舐《な》め始めた。

「ひ、やぁっ」

な、なんでぇ……？　なんでお尻舐《な》めるの？

想像もできなかった状況に、私は心の中で「お酒って怖い！」と叫ぶ。

それとも黒崎部長にとって、セックスでお尻を舐《な》めるのはデフォルトなのだろうか。タイツの上から秘所を舐《な》めるくらいだから、そうなのかもしれない。

「んっ、うぅっ」

だけど私は、そうやって舐《な》められることに不思議と嫌悪感が湧いてこなくて、むしろ……。

「ふぅっ」

濡《ぬ》れた熱い舌に双丘《そうきゅう》を舐《な》められ、時折はむっとお肉を甘噛《あまが》みされる感触に、甘い痺《しび》れが走ってしまう。

ううう、お尻を舐《な》められて感じちゃうなんて、私の変態。

嬉々《きき》としてお尻を舐《な》める黒崎部長も変態だけど、私も人のことは言えない。

彼の愛撫《あいぶ》から逃げる気も、抵抗する気もないのだから。

それどころか、もっと気持ち良くしてほしいとさえ思っている。

（お酒のせい、だもん……っ）

私がこんなになっているのは、お酒のせい。

再びそう言い訳する私に、黒崎部長が嬉しそうに囁《ささや》いた。

「また溢《あふ》れてきた」

「ひゃうっ」

彼の指が私の秘所をなぞり、ソコから零《こぼ》れ出る蜜を掬《すく》って、私のお尻に塗りたくる。

部長の変態、変態！

「んんっ……」

しかし、そんな行為にさえびくっと身体を震わせて悦《よろこ》んでしまうのだから、私もどうしようもない。

身体の奥がとにかく疼《うず》いて、切なかった。

「も……きて……っ」

愛撫《あいぶ》だけじゃ足りないの。

早く貫《つらぬ》いて、さっきみたいに激しく揺さぶってほしい。

そんなはしたない願望が口から出そうになって、慌てて唇を噛《か》む。

　でも、黒崎部長は私の欲求なんてお見通しなのかぐっと腰を掴み、私のお尻を上げさせると、自身を再び秘所に打ち込んできた。

「んああっ……！」

　いきなり根元まで貫《つらぬ》かれ、焦《じ》らされていた身体はそれだけで軽くイッてしまう。

「またイッたのか？　ナカ、ビクビクしてる」

「ん……っ、あっ……」

　目の前にチカチカと星が瞬《またた》いているような心地だった。

　まだ絶頂の余韻《よいん》が残っていて、すぐにでも果ててしまいそう。

「本当、可愛いな」

「ひっ……」

　囁《ささや》きかけられた言葉を皮切りに、黒崎部長が激しく腰を動かし始める。

　熱い楔《くさび》にナカを擦《こす》られて、また快感の波が怒涛《どとう》のように押し寄せてきた。

「あっ、ああっ」

　彼が腰を打ちつける度《たび》、パチッパチッと肌を叩く音が響く。

　その音にさえ興奮してしまい、気付けば私は自分からも腰を揺らしていた。

　だって、気持ち良いんだもの。

　もっともっと、気持ち良くなりたい。

「んーっ……はぁっ……ん、あっ……」

頭の中がそんな情欲でいっぱいになり、獣《けもの》みたいに後ろから揺さぶられることにも愉悦《ゆえつ》を覚えてしまう。

「あっ……ああっ……だめ……イッちゃ……」

早くイきたい。まだ終わらせたくない。もっとこの快楽に浸《ひた》っていたい。でも早くイきたい。

相反する欲求が胸の中で渦を巻く。

「あっ、ああっ、やあああっ……！」

そして、いっそう激しさを増した抽送《ちゅうそう》の末、私は頭の中が真っ白になるのを感じながら、再び絶頂を迎えた。

「はぁ……っ」

一瞬にも永遠にも感じられた快楽の極み。

それを越えたあと、まるで全力疾走をしたような疲労感がどっと押し寄せてくる。

私は「はあ、はあ」と荒い息を吐きつつ、シーツの上に倒れ伏した。

けれどイッてしまった私と違って、黒崎部長の熱塊はまだ硬さを保ったまま、私のナカに残っている。

「高梨……」

彼はぐったりと力を失くした私の腰を掴んで引き寄せると、お尻だけ浮かせて、ピストンを再開した。

「んっ、んんっ」

イッたばかりの身体に再び熱が宿る。

私、いったい何度イかされちゃうんだろう。

知らなかった。私ってこんなに淫乱《いんらん》だったんだ。

「あ……っん」

硬い肉棒にイイところを突かれて、思わず鼻にかかった声が漏《も》れる。

「この角度がいいみたいだな」

背後で、黒崎部長がにやっと笑う気配がした。

訂正。私が淫乱《いんらん》なわけじゃなく、この人がすごく……エッチだから。

「ああっ」

だからこんなに感じすぎて、おかしくなっちゃったんだ。

だって理性を失くすほどセックスに夢中になったことなんて、これまで一度もなかったもの。

「あっ、ああっ……あっ」

黒崎部長はストロークを速め、私のイイところをガンガン攻めてくる。

「だめっ、だめえっ……またイっちゃ……」

「……っ、俺も……っ」

「んあああ……っ」

そして、私達はほぼ同じタイミングで果てた。

「はあ、はあっ」

しばし私の腰を抱いたまま動かなかった彼だったけれども、ややあってナカから出ていってしまう。

「はぁ……っ」

さすがにもう終わり、かな。私、結局何回イッちゃったんだろう。途中からわからなくなった。

一晩のセックスでこんなに絶頂を経験したのは初めて。

これまでが淡泊《たんぱく》すぎたのか、それとも黒崎部長がすごすぎるのか。比較対象が少ないのでよくわからない。

ただ確実に言えることは、自分の体力も気力も、もう限界が近いってこと。

身を起こすことさえ億劫《おっくう》で、シーツの上にうつ伏せになったまま顔を埋《う》める。

（あー……なんだか、めちゃくちゃ眠い……）

疲労からか、うとうとと睡魔が襲《おそ》ってくる。

けれど、黒崎部長は私の身体をころんと転がして仰向《あおむ》けにし、再び覆《おお》い被さってきた。

「へっ……？」

ぎょっとして視線を移せば、彼の雄には新しいコンドームが着けられている。

しかもさっき果てたばかりなのに、ソレはばっちりしっかり臨戦態勢で……

（ま、まさか、もう一回⁉）

「う」

嘘でしょう⁉　と叫びかけた声は黒崎部長からの口付けで封じられ、またもや彼に貫《つらぬ》かれ、揺さぶられる。

「ああっ……ん」

そうして、私は黒崎部長の思うままに身体を貪《むさぼ》られたのだった。

五

やっちまった。

目が覚めて、真っ先に浮かんだのがその言葉だった。

自分が今いるのは、黒崎部長の部屋にあるベッドの上だ。

隣には、生まれたままの姿ですやすやと眠っている黒崎部長。

そして自分も同じく全裸。

おまけに身体は重くてだるいし、腰が痛い。

（あああー）

昨夜、私達はお酒の勢いで一線を越えてしまった。

酔いで記憶が飛んでいたらまだ少しは救いがあったのかもしれないけれど、昨夜のことはばっちりしっかり覚えている。うあああああ。

自分と黒崎部長の痴態《ちたい》を思い出し、私はこの場に転げ回る勢いで悶絶《もんぜつ》した。

酔っ払っていたせいなのか、はたまた普段からそうなのか、黒崎部長は絶倫だった。

しかもエッチが上手い。セックスであんなに感じたのは初めてで、私もつい夢中になってしまった。

いやいや、理性仕事しろよ！　拒《こば》めよ！　と後悔しても後の祭り。

このベッドで初めて繋がったあとも、二回、三回……と、うわあああ、やっちまった。

さすがに疲れ果て、気絶するみたいに寝入ってそのまま。

そして今に至る、と。

「…………」

私はちらっと、傍《かたわ》らで眠る黒崎部長を見た。

（うっ）

眼鏡をかけていない彼の寝顔は稚《いとけな》くて、その、可愛い。

昨日淫《みだ》らに襲《おそ》いかかってきた時のセクシーな顔や、野獣のように私を貪《むさぼ》った時のワイルドな顔とのギャップに、うっかりキュンとしてしまう。

（って、胸キュンしてる場合じゃないよ！）

昨夜のあれは、酒の上の過《あやま》ちってやつだ。

お互いにしたたかに酔っていたからで、きっと黒崎部長にとっても本意ではなかったはず。

去年の四月に恋人と別れて以来ずっと一人だって言ってたし、その、よ、欲求不満、だっただけだろう。そうでもなければ、黒崎部長のようなイケメンエリート様が私みたいなチビぽちゃを相手にするわけがない。

なんて、自分で言ってて悲しくなってきた。でも、きっとそうだもの。

（勘違い、しちゃ駄目だ）

そう自分に言い聞かせ、私はそそくさとベッドから下りた。

今の状態で黒崎部長と顔を合わせるのは、ものすごく気まずい。

もしかしたら彼は覚えていないかもしれないけれど、この部屋や私の身体に残る情事の痕跡《こんせき》を見れば、おのずと察しがつくはず。

そしてあの人に、「こんなつもりじゃなかった」という顔をされるのは、辛すぎる。

（部長が目を覚ます前に逃げよう）

ベッドのヘッドボードに置かれていた時計を確認したところ、時刻は午前五時過ぎ。いつもより早い時間に目が覚めたのは、慣れないベッドだからなのか。あるいは、あまりにもイレギュラーな状況だからなのか。どちらにせよ、黒崎部長より早く目が覚めてよかった。

この時間なら、もう電車が動いている。とっとと帰ろう。こんな状況で黒崎部長と顔を合わせたくない！

（ええと、服は……）

服も下着もリビングダイニングで脱がされたので、私は裸でコソコソと隣へ移動した。

（もし今の姿を見られたら、間抜けすぎて恥ずかしくて死ぬ）

そう思いながら、ソファ周りに散らばっていた下着や服を身につける。

ショーツとタイツはちょっぴり湿《しめ》っていて気持ち悪かったけれど、背に腹は替えられない。

ちなみにテーブルの上は、昨夜飲み散らかしたままの状態だった。

とりあえず空《あ》き缶や瓶、お皿をキッチンに運んで片付ける。なんとなく、放置していくのは気が咎《とが》めたのだ。

それからバッグに入れているシートタイプのメイク落としを持って、洗面所を借りる。

「うわっ」

鏡に映った自分の顔は、想像以上に酷かった。

汗でぐちゃぐちゃになった上、化粧を落とさずに寝ちゃったからなあ。

肌のダメージと、その回復にかかる手間と時間を思うと泣けてくる。

私はげんなりしながらシートで化粧を落とし、黒崎部長の洗顔フォームを借りて顔を洗った。

改めて化粧をするか迷って、帰るだけだからすっぴんのままでいいかと結論づける。

それに、メイクしている間に黒崎部長と鉢合わせしたら困るし。

そしてリビングダイニングに戻ったところ、ケージの方からカラカラと物音がした。

「おはよう、アリス」

ケージに近寄って見てみると、巣箱から出たアリスが回し車で遊んでいる。可愛い。

そういえばこの回し車、いつだったか部長と一緒に選んだやつだ。

(私が「これ可愛い」って言ったら、「別のやつの方が良くないか?」なんて答えたくせに、結局これにしたんだ、部長……)

何故か、胸が熱くなる。

「………あっ」

そうだ。こんなことをしている場合じゃなかった。

もっとアリスを眺めていたいけれど、いつ黒崎部長が目を覚ますかわからない。早く逃げなければ。

私は小声で「ばいばい」とアリスに別れを告げ、部長の部屋を後にした。

確かこの部屋はオートロックだと言っていたから、鍵の心配はいらないだろう。

(早く帰ってシャワーを浴びないと)

自分の身体に彼の匂いがたっぷり沁《し》みついているようで、私はひどく落ち着かなかった。


家に帰ると案の定、母に「泊まるなら泊まるって連絡くらいしなさい！　心配するでしょう！」と怒られてしまった。私が全面的に悪いので、素直に謝る。

家族には終電を逃《のが》し、同性の友達の家に泊めてもらったと説明した。さすがに馬鹿正直に、異性の上司の家に泊まったとは言えなかった。

違う家の匂い、そしてリスの匂いがするのだろう。浮気を咎《とが》めるごとく、やたらとフンフン匂いを嗅《か》いでくる太郎さんから逃げ、お風呂場に飛び込んで服を脱いだ私は、鏡に映る自分の姿を見てぎょっとした。

朝は気付かなかったが、身体のあちこちに赤い痕《あと》が残っていたのだ。

(ぶ、部長……)

やたらと舐《な》められたり甘噛《あまが》みされたりしたことは覚えているけれど、まさかこんなに痕《あと》をつけられていたとは。

(ひゃあああ……っ)

否応《いやおう》なく情事の記憶が甦《よみがえ》ってきて、いたたまれなくなる。

昨夜のあれは紛れもない現実なのだと、改めて突きつけられた気分だった。

(そ、そういえば私も、部長の背中に爪痕《つめあと》、残しちゃったかも)

気を失う間際、彼に正常位で貫《つらぬ》かれている時、部長の背中に爪を立てた覚えがある。

あれは、痕《あと》になってしまっているかな。

でも背中なら、部長も気付かないかもしれない。

そう思うとちょっぴり安心なような、寂しいような、複雑な気分だ。

(部長、すごかったなあ)

身体を洗ったあと、温かい湯船に浸《つ》かりながらどうしても考えてしまうのは、黒崎部長のこと——昨夜の、部長とのセックスのこと。

「あああああ、もうやだー!」

猛烈な羞恥心《しゅうちしん》が込み上げてきて、私は顔を両手で覆《おお》って身悶《みもだ》える。

部長は覚えているだろうか。それとももしたたかに酔っていたから、忘れてしまっただろうか。

覚えているとしたら、どれくらい覚えているだろう。

最中の私の顔とか痴態《ちたい》とかは、できれば忘れていてほしい。ああでも、部長は眼鏡を外していたし、あんまり見えていなかったかもしれないなあ。

もし黒崎部長が酔っている間の記憶をなくすタイプで、セックスしたこと自体を忘れてしまっていたとしたら、あの部屋に残る情事の痕跡《こんせき》に、何を思うだろう。

やっぱり後悔する？　嫌悪……する？

私を、避けるようになるかもしれない。

それはちょっと、いや、かなり……寂しいな。

かといって覚えていたら、とても気まずい。

気まずい、けれど。忘れられていたらそれはそれで、悲しい。

忘れて。でも、忘れないで……なんて、「どっちやねん！」って感じだよね。

自分がこれからどうしたいのか、どうなりたいのか、わからない。自分の心なのに。

「はあ～」

ただ生のアリスを愛《め》で、ペットトークに花を咲かせながら楽しくお酒を飲むはずが、まさかこんなことになるなんて。

「うー」

黒崎部長の反応を想像すると、怖かった。

私達はもう、あんな風に気安く話ができる関係に戻れないのかな？

それは……嫌だな。寂しい……。

「………」

お風呂から上がり、部屋着に着替えて自室に戻った私は、自分のスマホを手にとって深呼吸する。

黒崎部長はまだ寝ているのか、連絡はない。

何も言わずに部屋を出てきてしまったのだ。メールの一つくらい、入れておいた方がいい。

「ううう」

でも、なんてメールしたらいいんだろう？

昨夜のセックスについても、一応、触れておいた方がいいのかな。

（なんて言うの？）

うむむ。あんまり深刻な感じじゃなくて、さらっと冗談っぽくする？

『昨日はごちそうさまでした。ついでに黒崎部長も美味《おい》しくいただいちゃってすみません！』

なんて言えるかあああああ！

もう馬鹿じゃん！　馬鹿じゃん私！

そういうのじゃなくて、うーんと、えーと、『昨夜のことは忘れましょう』とか？

でもなあ、かえってお互いに意識してしまいそうで気まずい。

「うー、うーー」

ベッドの上にごろごろ転がって唸《うな》りながら、考えることしばし。

自分も酔っていた手前、今回のことで部長に責任をとってほしいとか、だから恋人になってほしいとか、そんな大層なことは言えない。

ただ、このせいで避けられたり、遠ざけられたりするのは嫌だ。

黒崎部長とは、楽しくお酒を飲んで、ペットの話ができる関係でいたい。

なら……

『おはようございます。昨日はごちそうさまでした。挨拶《あいさつ》もせずに出てすみません。またペットトークで盛り上がりましょう』

何度も何度も文面を打ち直し、ようやく送ったのがこの一文。

セックスしたことには、触れない。自分からは言わないで、相手の出方を見る。

我ながら卑怯だと思うけれど、今の私にはこれが精一杯だった。

それでも、黒崎部長とまたペットの話がしたいんだって気持ちはしっかり盛り込んだつもり。

（どんな返事がくるのかな）

黒崎部長はもう起きているだろうか。

それとも、このメールの着信音で目を覚ましただろうか。

ドキドキしつつ返信を待つ。

もし拒絶されたらどうしよう。

メールに、『もうお前とはプライベートでは会わない』とか、『元の、ただの上司と部下という関係に戻ろう』とか書かれていたら……

ぎゅうっと、心臓を鷲掴《わしづか》みされたように胸が痛かった。

どうしてこんなに苦しいのかな。

「…………」

黒崎部長からの返信を待つ時間が、とても長く感じられる。まるで処刑宣告を待つ囚人の気分だった。

そして、メールを送ってから十分ほど経ったころ。

「あっ」

スマホが振動して、メールの着信を告げる。相手は黒崎部長だ。

なんて書いてあるんだろう。

ドキドキしながら、届いたばかりのメールを開く。

『気にするな』

（えっ）

そこに表示されていたのは、たった一言。

「えええ……」

これは、私のメールに対する返事。つまり、昨日ごちそうになったこと、そして何も言わず出て行ったことに対する言葉、だよね。

でも、それだけ？

「これじゃ、部長が何考えてるかわからないよおお」

一番知りたかったのは、私とセックスしたことを彼がどう思っているか。

しかし、私がその件に触れなかったのと同様に、黒崎部長もそれについては一切触れてこなかった。

（もしかして……）

「なかったことにされた、のかなあ？」

彼が昨夜のことを覚えていなくて、まだ情事の痕跡《こんせき》に気付いていない、という可能性もあるけれど。

私はなんだか、セックスしたことまで「気にするな」と言われたような気がして、悲しかった。

自分から逃げ出しておいて、話題を避けておいて、今更そんな風に思う資格、ないのにね。

（私、大馬鹿だ……）

悶々《もんもん》とした週末を過ごし、黒崎部長と顔を合わせるのが気まずくて不安でたまらなかった月曜日。

「おはよう、高梨」

身構えていた私とは対照的に、彼はびっくりするくらい普段と同じだった。

「お、おはようございます。黒崎部長」

「さっそくで悪いが、これを今日中にまとめておいてくれ」

出勤早々、私のデスクにどさどさっと載せられた資料の山。

これを今日中にやれと？　他にも仕事があるのに？

「よろしく頼む」

黒崎部長はそれだけ言うと、さっさと自分のデスクに戻ってしまう。

その表情には、なんの変化も見られない。

いつも通り、仕事に厳しい鬼上司だ。

「いや〜、大変だね高梨さん。すっかり『鬼の黒崎』に目ぇつけられちゃってるじゃん」

椅子ごとこちらに近付いてきて、コソコソと話しかけてくるのは斜め後ろの席の吉田《よしだ》さん。

彼は私より三つ上の男性社員で営業担当。私は主に吉田さんと組んで、彼のクライアントの事務処理をしている。

「そんなところ申し訳ないんだけど、この見積書と請求書の作成もよろしくね」

ごめんねと気遣われながら、吉田さんにも仕事を頼まれる。

いや、こちらが私の主な仕事なので構わないんですよ。むしろ、部長から押しつけられている仕事の方がイレギュラーなんで！　吉田さんが謝ることじゃないんで！

（せめて黒崎部長も吉田さんみたいに「申し訳ない」と思ってくれたらいいのに！）

嘘でもいいから「ごめん」とか、「ありがとう」とか一言添えてくれたら、こっちだって気分良く仕事できるのになあ。

まあ、黒崎部長とのアレコレを考える暇もないほどに忙しくなるのは、今の私にはありがたいけどさ。

彼の態度から察するに、やはり先日のことはなかったことにされたようだ。

（変に避けられるより、ずっといい）

だけど、やっぱり、ちょっと悲しいなと思ってしまう自分がいる。

そう感じるくらいには、私は黒崎部長に心惹《ひ》かれていたらしい。

こんな事態になって初めて気付くなんて、間抜けもいいところだけれど。

そもそもお酒に酔っていたとはいえ、好きでもない男相手にあそこまで身体を許したりしない。

ただ、自分が黒崎部長に相応《ふさわ》しいと思えなかったし、素面《しらふ》の時に相手にされる自信も、ましてや恋人になれる自信もなかったから、お酒を言い訳にして流された挙句《あげく》、逃げ出した。

(馬鹿だよなあ、私)

結局、なかったことにされちゃったじゃん。

また楽しくお酒を飲んで、ペットの話ができる関係に戻りたくっても、彼への淡い恋心を自覚した今となっては、まるっきり元通りとはいかないはず。

だって私は、あの夜のことをなかったことになんてできない。

彼がそう望んでも、できない……

きっと今みたいに何事もなかったような態度をとられる度《たび》、胸がズキズキと痛んでしまう。

こんなことなら、あの朝、逃げずに黒崎部長と向き合って、「責任とってください!」

くらいは言うべきだった？

いやでも、そんなこと言えないし、そもそも義務感で恋人になってもらうのは辛い。

（あああ、私、これからどうしたらいいんだろう）

駄目だ。仕事がいっぱいあるのに、どうしても考えてしまう。悩んでしまう。

そんな風に悶々《もんもん》としていたら、吉田さんが「そういえば」と話を振ってきた。

「うちに新しく営業が一人入るんだってさ。なんでも前に第一にいた人で、大阪支社に転勤になってたんだけど、こっちに戻ってくることになったらしいよ」

「えっ」

以前、東京本社の第一営業部にいて、大阪支社に転勤になった人。

嫌な符号に、まさかと顔が強張る。

「そ、その人の名前、わかります？」

「え？　えっと、確か……青山《あおやま》！　そう、青山伸治《しんじ》っていったかな。来月からうちに配属になるんだって」

（うそ……）

青山伸治。

それは、かつて私を『ハム子』と呼んだ先輩の名前、だった。

どうして嫌なことってこう、重なるんだろう。

異動の話を聞いた翌月、二月一日付けで青山伸治は我が第二営業部に配属になった。

苦い思い出しかない相手の初出勤日。憂鬱《ゆううつ》な気持ちで出社すると、オフィスにはすでに青山先輩の姿があった。どうやら一人一人に挨拶《あいさつ》をして回っているようだ。

「今日からこちらで働くことになりました、青山伸治です。よろしく！」

ついで、「これ、お近づきの印に」と、大阪土産《みやげ》らしい個包装のお菓子を配っている。

爽《さわ》やかで愛想の良いその姿は、一見すると好青年だ。職場の人達も、好意的な様子で新しい仲間を迎えている。

だけど私はどうしても新人時代のトラウマが消えなくて、青山先輩の姿を見ただけで胸が塞《ふさ》いでしまう。

（せめて他の部署ならよかったのに）

そう思いながら、重い足を引きずってこっそりと自分のデスクに向かうも、すぐに青山先輩の目に留まってしまった。

「あれ？　もしかしてハム子か!?」

（あー、もう……）

私の姿を見つけた瞬間、青山先輩が大声を上げる。

予想はしていたけれど、相変わらずの『ハム子』呼びにげんなりした。

「おお！　やっぱりハム子だ！　久しぶりだな！」

青山先輩が大声で話しつつこちらに近付いてくるものだから、自然、周りの視線が私にも集まる。

「え、ハム子って高梨さんのこと？」

「あの二人って知り合いなの？」

「なんでハム子？」

近くにいた女性社員達の囁《ささや》きが聞こえてきて、羞恥心《しゅうちしん》にカッと頬が熱くなる。

だから嫌だったのにと、私は表情を曇《くも》らせた。第二営業部に、青山先輩と一緒になって私をからかってくるような人はいない……とは思うけれど、それでも恥ずかしくて、嫌でたまらない。

しかし、そんな私の様子に頓着《とんちゃく》せず、青山先輩は愉快そうに話しかけてくる。

「お前相変わらずちっさくてハムスターっぽいな！　っつーか、前より顔丸くなってないか？」

「なっ」

確かに私は丸顔でぽっちゃりしてるけど、普通、言うか？　後輩とはいえ、数年振りに会った女性に公衆の面前で「顔丸くなった」とか！

先輩こそ相変わらず無神経ですね！　と言い返したいと思いつつも、何故か青山先輩を前にすると口が重くなってしまい、私は何も口にできなかった。

「いやー、こっちに戻って来られたのはいいものの、第一じゃなくて第二だろ？　馴染《なじ》めるかなあと思ってたんだけど、ハム子がいるなら心強……くはないな。ハム子だしなあ」

「………………」

さっきから、人のことを『ハム子』『ハム子』って！

しかも今、私のことだけじゃなくて第二営業部のこともさりげなく馬鹿にしてなかった？

どうやら先輩は、第一営業部ではなくうちに配属になったことに思うところがあるらしい。第一の営業マンの中には大手企業を相手にする自分達と違って個人相手のうちを下に見ている人もいるけれど、彼もその類《たぐい》のようだ。

「……お久しぶりです、青山先輩。その呼び名はやめてくれませんか？」

私はどうにか重い口を開き、自分の要望を伝えた。

「なんで？　似合ってるんだからいいじゃん」

けれど、青山先輩は心底意味がわからないと言いたげな顔で首を傾げる。

（……はあ）

もうさ、こちらの気持ちを理解しろとは言わないから、せめて「やめて」と頼まれたことはやらないでくれないかな。

「とにかく、やめてください」

なるべく感情的にならないようにと思ったのに、どうしても棘《とげ》のある声になってしまう。

すると青山先輩は「怒るなよ～」と茶化すみたいに言い、私の手にお土産《みやげ》のお菓子を三つも載せた。

「腹減ってイライラしてんのか？　これでも食って機嫌直せよ」

「いらなっ……」

「いいから、いいから。あ、今度また、ひまわりの種買ってきてやるよ。お前あれ好きだったろ？」

「いりません！」

好物なものか！　ひまわりの種はむしろ、青山先輩にさんざんいじられたせいで大嫌いになりました！

「遠慮すんなって～。また頬袋《ふく》膨らませて食ってるとこ見せてくれよ」

青山先輩はへらへらと笑うばかりで、こちらの言葉を聞き入れない。

おまけに何を思ったのか、先輩は私の頬に右手を伸ばしてきて、そのままむにーっと引っ張った。

「んなっ……！」

「おー、やっぱ伸びるなあ。さすが齧歯類《げっしるい》！」

あまりにも突然で遠慮のない言動に絶句する。

遅れてふつふつと湧いてくるのは、青山先輩への嫌悪と怒りだ。

嫌だ、触らないで！　そう言って彼の頬をひっぱたいてやりたい。

けれど、こういう時に限って理性が待ったをかける。

あまり大ごとにしたくない。これ以上騒ぎになって注目を集めるのは躊躇《ためら》われるし、もし周りの人に「たかが頬を触られたくらいで」とか「自意識過剰」と思われたらと、怖くなってしまった。

（私が、我慢すれば……）

なんとか穏便にやりすごそうとしたその時、青山先輩の腕を掴んで私から引き離してくれた人がいた。

「何をしている」

黒崎部長だ。私が青山先輩に絡まれている間に出勤していたらしく、不機嫌を露《あら》わにした表情で先輩の腕を掴んでいる。

おそらく、オフィスに来てすぐに駆けつけてくれたのだろう。左手に鞄を持ち、コートを羽織《はお》ったままの姿だった。

部長の手を煩《わずら》わせてしまったことが申し訳ない一方で、彼が助けに入ってくれたことを嬉しく思う自分がいる。

（黒崎部長……）

私、馬鹿みたい。黒崎部長はただ、職場で騒ぐ部下を止めに来ただけなのに。

相手が私じゃなくても、部長はきっと同じことをしたはずだ。

「何をしていると聞いている」

「え、あ、えっと……」

それまでへらへら笑っていた青山先輩は、突然の上司の登場とその怒気に恐れをなした様子で、しどろもどろに口を開く。

「や、やだなー。こんなの、ただのコミュニケーションですよ。コミュニケーション。俺、こいつと仲良いんで」

昔からこんな感じだったんですと、先輩は言う。

（はあ⁉）

「……そうなのか？」

部長の鋭い視線が私に向けられた。

助けに入ったつもりの相手が実はじゃれていただけなんて、そりゃあ微妙な気持ちになるだろう。だがそれは、とんでもない誤解だ。

私は慌てて否定の言葉を口にする。

「ち、違います」

さすがに「青山先輩なんて大嫌いです！」とか、「触られるのも嫌です！」とまでは言えなかった。けれど、それでも黒崎部長に青山先輩と仲が良いなんて誤解されたくなくて、私は必死に首を横に振る。

「そうか」

黒崎部長はそれだけ言って、青山先輩の腕を掴んでいた手を離した。

そして、ぼそりと呟く。

「……なら、俺以外の奴に触らせるな」

「え？」

今、なんて？

黒崎部長の声はあまりにも小さくて、よく聞き取れなかった。

それでもなんとなく、責められた雰囲気は感じられる。

「青山」

黒崎部長は再び青山先輩を睨《にら》みつけて言った。

「コミュニケーションのつもりでやったことでも、相手が嫌がっているならそれはただのセクハラであり、許されざる行為だ」

黒崎部長は青山先輩だけでなく、他の面々にも周知するみたいに諭《さと》す。

その断固とした物言いに、先輩の態度に不快感を覚えた自分は間違っていなかったのだと、セクハラだと声を上げてもよかったのだと、肯定された気持ちになった。

「は、はい」

「二度とするなよ」

「わ、わかりました！」

顔色を悪くして頷いた青山先輩に、黒崎部長はさらに指示を飛ばす。

「転居の手続きの関係で人事部が一度顔を出してほしいと言っていた。朝礼前に行ってこい」

「は、はいっ！」

先輩はこれ幸いとばかり、この場から逃げるように去っていく。

その後ろ姿を見送って、黒崎部長もまた自分のデスクの方へ歩いていった。

「あ、あの、部長」

私は部長の後に続き、「先ほどはありがとうございました」と礼を言う。

「……いや」

黒崎部長は渋面《じゅうめん》を崩さず、コートを脱いで椅子に座った。

それ以上の言葉はない。

「…………」

彼の態度があまりにも素っ気《そ　け》なくて、私は不安になる。

何がそこまで部長の気に障《さわ》ったのだろう。

もしかして、青山先輩が私の頬に触れたことが面白くないと、ちょっとでも嫉妬《しっと》……みたいな気持ちを抱いてくれた？

なんて、ありもしない妄想が頭を過《よぎ》り、そんなわけないと心の中で否定する。

そうだったらどんなにいいかとは思うけど、あれはきっと、自分で対処しきれなかった私にも苛立《いらだ》ちを覚えたのだ。

本意ではなかったとはいえ、結果的に私も先輩と一緒になって騒ぎを起こしてしまったようなものだもの。

（どうしてもっと上手く立ち回れないんだろう）

自分が嫌になる。内心で深いため息を吐きながら、私は黒崎部長に「お騒がせしてすみませんでした」と頭を下げた。そして、困惑と好奇が入り混じった周りの視線に居心地の悪い思いをしつつ、自分のデスクに戻る。

「はあ……」

青山先輩に絡まれるわ、黒崎部長に咎《とが》められるわで、始業前なのにどっと疲れた。

特に黒崎部長の不機嫌そうな顔が頭から離れなくて、胸が苦しくなる。

こんな調子で今日一日どころか、これから先、やっていけるのかな。

（うー……、ん？）

ふと目に留まったのは、デスクの上に転がした、先ほど青山先輩から押しつけられたお菓子。

（くそぅ）

パッケージに描かれたキャラクターの、どこか間の抜けた顔にさえ苛立《いらだ》ちを覚えてしまう。しかもこれ、私の苦手なココナッツクッキーだ。

「ねえねえ、高梨さん。青山さんのこと知ってるの？」

青山先輩への苛立《いらだ》ちを込めてお菓子を睨《にら》みつけていたら、隣の山木さんに小声で尋ねられた。

先ほどのやりとりは彼女にもばっちり見られていたようで、その瞳は興味津々《きょうみしんしん》ですとばかりに輝いている。

「ええ、まあ」

私も小声で、青山先輩とは入社当時、第一営業部で一緒だったこと。彼が私の教育係だったことを話した。

「そうなんだ～。あのね、私人事部に友達がいて、その子から話を聞いたんだけど……」

山木さん曰《いわ》く、青山先輩は大阪支社ではなかなかの営業成績だったとかで、期待の戦力としてうちに配属されたらしい。

まあ確かに、良く言えば明るくて人懐こい性格の人だから、営業には向いているのだろう。

ただ、私はやっぱり青山先輩が苦手だ。

今日久しぶりに会って、改めて実感した。

本人はフレンドリーに後輩と接しているつもりかもしれないけど、こちらを馬鹿にしているのが透《す》けて見える言動。嫌だって言っているのに聞き入れない、こちらがどう感じるかを考えない無神経さと、デリカシーの無さも嫌い。

あの人とこれから毎日のように顔を合わせることになるなんて、悪夢だ。

「はあ……」

「それにしてもさっきの黒崎部長、ちょっと怖かったけど恰好良かったね」

「そう、ですね」

「嫌がってる高梨さんを助けてくれて。まるでヒーローみたい」

山木さんはうっとりとした顔で言うけれど、実際はそんな甘い状況じゃない。

私は苦いため息を吐きつつ、青山先輩から押しつけられたお菓子を山木さんに「よかったら」と手渡した。

「え、いいの？」

山木さんはココナッツクッキーが好きなのか、「嬉しい」と喜んでくれた。

青山先輩のことは大嫌いだけど、お菓子に罪はない。お菓子だって、私に嫌々食べられたり捨てられたりするより、好きな人に食べてもらう方が嬉しいだろう。

「私はこれ、ちょっと苦手なので」

「そうなんだ。うふふ、帰ったらダーリンと一緒に食べようっと。うちのダーリンもね、甘いお菓子に目がないんだあ」

「そ、そうなんですね」

その後、私は朝礼の時間まで山木さんの惚気《のろけ》話に付き合わされる羽目になった。時間にして十分もなかったけれど、恋愛や職場の人間関係で悩んでいるところに、ラブラブ夫婦の幸せな話を聞かされるのは、けっこうきつい。こう、心がゴリゴリ削られる。

しかし、私の受難の日々はまだ始まったばかりだったのだ。

六

青山先輩が東京本社の第二営業部に配属されて、はや二週間が経った。

私は蓄積《ちくせき》するストレスに胃が痛む日々を送っている。

なるべく関わり合いになりたくない私の気持ちをよそに、先輩の方からやたらと絡んでくるのだ。新人のころと同じように、私のことをいじり、からかって楽しんでいるのである。

本人は本気でそれが後輩との円滑なコミュニケーションだとでも思っているのかもしれないけれど、されるこちらとしては苦痛でしかない。

おまけに、青山先輩は何かと私に仕事や雑用を押しつけてくる。私は先輩の担当じゃないのに。

青山先輩の担当は、この第二営業部で一番のベテラン営業事務員、滝川さんだ。

我が社では、営業事務の女性社員は営業職の男性社員より下に見られがちなんだけど、滝川さんはそんなことおかまいなしに、男性社員もビシバシ叱り飛ばす。たぶん、うちで黒崎部長の次に恐れられている人だ。

彼女もすごく仕事ができる人だし、普段は温厚なものの、ミスに厳しく、怒らせると怖い。

で、実は青山先輩、異動早々この滝川さんを何度も怒らせてしまっている。

クライアントに良い顔をして、在庫を確認しないまま無茶なスケジュールで注文を受けたり、ギリギリになってから見積書の発行を頼んだりしたのだ。

それですっかり滝川さんの対応が悪くなり、青山先輩は彼女を怒らせそうな急な発注や、資料の作成など、頼みにくい仕事を私に押しつけてくるようになったってわけ。「これくらい、お前でもできるだろ」って上から目線で。ちゃんと誠心誠意頼めば、滝川さんだって怒らないのに。

それを、わざわざ「やっぱりオバチャンより若い奴の方が頼みやすいわ」なんて余計なことを言うから、溝《みぞ》が深まるのだ。おまけに最近では、私まで滝川さんに睨《にら》まれるようになった。

本当、勘弁してほしいよ。

さらに青山先輩は、「ハム子、コンビニ行ってきて」「コーヒー淹《い》れて」「これコピー頼む」と、それくらい自分でしろよってことまで私にやらせようとする。

抗議すれば、「お前、昔はさんざん俺に仕事くれって言ってたじゃねえか。念願の仕事任せてやってるんだから、ありがたくやれよ」と、これまた聞く耳持たない。

最初は断っていたんだけど、断れば余計にしつこく絡まれて時間をとられるので、最近はそれも面倒になってしまった。

黒崎部長がいれば、「青山、うるさい」、「自分のことは自分でしろ」って注意してくれる。でも、青山先輩は部長のいない隙を狙って絡んでくるんだよね。

私は確かに仕事が欲しかったけど、それは新人のころ、青山先輩がまったく仕事を任せてくれなかったせいなのに。

今更恩着せがましく「仕事をやる」なんて言われたって、ちっともありがたくない。むしろ迷惑。

余計な仕事が増えて忙しくなるし、青山先輩に絡まれてストレスは溜まるしで、踏《ふ》んだり蹴《け》ったりだ。ただでさえ、黒崎部長のことで悩みが尽きないのに。

(はあ……)

あれから、黒崎部長とはメールのやりとりはしているけれど、食事に行ったり、ゆっくり話したりする時間は持てずにいた。

別に、こちらが避けたり、向こうに避けられたりしているわけじゃない。

黒崎部長が、来月の決算に向けて忙しくなっているのに加え、第一営業部に連日駆り出され、時間がとれずにいるのだ。

第一営業部は今、大手レストランチェーンとの新しい契約に向け、一丸《いちがん》となって動いている。

これまで別の企業から仕入れていたオリジナルブレンド用のコーヒー豆に代わり、うちの商品を使ってもらえるかもしれないのだ。この契約が決まれば、今後の業績が大きく変わる。

そこへ第二営業部の黒崎部長が駆り出されているのは、相手先の社長と黒崎部長に面識があり、その伝手《つて》で今回の取引が持ち上がったから。

なんでも部長が仙台支社にいた際、当時大手チェーンの仙台支部の支部長だった現社長と親しくなって、いくつか契約を結んだんだって。そのため、黒崎部長も契約内容の説明や、接待の場に駆り出されているらしい。

おかげで毎日、家に帰るころにはアリスはすっかり夢の中。

休日は疲れで昼過ぎまで寝てしまい、ただでさえ少ないアリスと触れ合う時間がさらに減ってしまったと、愚痴《ぐち》メールがよく届く。

最近はお互いのペットの話より、私が黒崎部長の愚痴《ぐち》を聞いて、励ますようなメッセージを送ることの方が多いかな。

『仕事が一段落したら、また二人で飲もう』

愚痴《ぐち》メールによく添えられている一文を思い出し、私は「はあ……」とため息を吐いた。

また彼とゆっくり話す時間を持てることが楽しみな気持ちと、二人きりになったらどんな顔をすればいいんだろうって、不安な気持ちがせめぎ合う。

私は、黒崎部長のことが好きだ。そう、はっきり自覚してしまった。

でも黒崎部長にとって私は、ペットの話ができる、都合の良い部下でしかないのかもしれない。セックスしたことだって、結局、なかったことにされたみたいだし……

ペット仲間でも十分じゃないかって思う気持ちと、それだけじゃ嫌だって思う気持ち。

相反する感情が次々と込み上げてきて、苦しい。

苦しいのに、黒崎部長の顔が見られるだけで嬉しい自分がいる。

彼の姿が見えないだけで、胸が切なく痛む。

黒崎部長とゆっくり話す時間もとれない今、距離が開くことで、この気持ちも少しは落ち着くかと予想していたのに、全然だ。

かえって袋小路《ふくろこうじ》にはまって、抜け出せないでいる。

いっそ、黒崎部長に思いの丈《たけ》を告白してしまおうか。

何度そう思ったかわからない。

でもそんな真似をして、嫌われたら？

ただのペット仲間にさえ戻れなくなるのは、嫌だ。

だけど、あれほど恰好良くて仕事のできる人だもの。今は忙しくて仕事とアリスのことしか考えられなくても、落ち着けばすぐ、素敵な恋人ができるかもしれない。

そうなったらきっと、私はお役御免だ。

「はあ……」

職場の悩みと恋の悩み。その二つに苛《さいな》まれ、私は鬱々《うつうつ》とした日々を過ごしていた。

（あー、なんか頭痛くなってきた）

黒崎部長は、今日は午後から例の取引の件で相手先に出向いており、不在。おかげで青山先輩に仕事は押しつけられるわ、その件で滝川さんに「あんまり誰にでも良い顔しない方がいいわよ」なんて注意されるわで、散々だった。

本当に、青山先輩が来て以来、うちの職場はどんどん居心地が悪くなっている。

断るのが面倒で仕方なく引き受けた見積書の作成を終え、印刷して青山先輩のデスクに置く。当の本人は、私に雑用を押しつけると外回りに行ってしまった。まあ、いない方が楽なんだけど。

あの人、提出や報告の度《たび》に「仕事が遅い、これだからハム子は」とか言うんだよね。

痛む頭を抱え、私は少し休憩しようと自分のデスクから財布だけとり、休憩室に向かった。

青山先輩に押しつけられた仕事は一応終わったし、吉田さんに頼まれていた資料もほとんど作り終わっている。それを仕上げたら、あとは伝票の処理とデータ入力か……

これからの作業内容を思い浮かべながら、誰もいない休憩室の、自動販売機の前に立つ。

「あ」

何を飲もうかと視線を巡らせ、ふと目に留まったのは、おしるこの缶。

『早くしないと、おしるこにするぞ』

そういえば、いつだったか黒崎部長に危《あや》うくおしるこのボタンを押されるところだったなあと、懐かしく思い出す。

今となっては、あのころの自分が羨《うらや》ましい。

最近ではお互いに忙しいし、青山先輩がやたらと絡んでくるしで、こっそりお菓子をもらうことも、飲み物を奢《おご》ってもらうこともなくなってしまった。

黒崎部長の秘密を知る前の私なら、『鬼の黒崎』と接する時間なんてない方がいい！　って、言っただろうに。今はこんなに、寂しく感じるなんて。

(今日は、これにしようかな)

なんだか変にしんみりしてしまった。

でも、温かくて甘いおしるこを飲めば、少しは気分も晴れるかもしれない。

疲れた時には甘い物って、よく言うしね。

私はお財布から小銭を取り出し、自動販売機に投入する。

そして、温かいおしるこのボタンを押そうとして……

「なんだ、今日はおしるこにするのか」

背後から聞こえた声に、私はぎょっとして振り返った。

「く、黒崎部長！」

いつの間に!?　全然気が付かなかった。

「今戻った。高梨は休憩か？」

そう言って、黒崎部長は隣の自動販売機でペットボトルのミネラルウォーターを買う。

部長がよく飲んでいる銘柄の水だ。

「は、はい。ちょっと甘い物で休憩しようと思いまして」

私はドキドキしながら、おしるこのボタンを押す。

ちょうど部長のことを考えていたところだったから、突然の本人の登場に、ひどく落ち着かない気分だった。

「あの、第一の人達は？」

ミネラルウォーターを買ったあとも立ち去らない黒崎部長に、私はおずおずと尋ねる。

確か彼は、第一営業部の営業さん数人と取引先に向かっていたはず。

でも今、部長は一人。近くに人の気配もない。同行していた人達はどうしたんだろう？

「ああ、他の取引先を回ってから帰るらしい」

黒崎部長はそう答えてから、ペットボトルのキャップを開け、ごくごくと水を飲む。

よほど喉《のど》が渇いていたのか、あっという間に半分ほど飲み干してしまった。

「…………」

「…………」

彼はここでしばらく休憩していくつもりなのか、立ち去る気配がない。

あの夜のことを思ってちょっぴり気まずく感じながらも、私もすぐには去りがたく、

「例の取引、どうですか？」と話を振った。

「まあ、順調だ。ただ細かい契約条件の調整で、ちょっと手間取っている」

なんでも、相手先からしょっちゅう見積もりの修正や条件の追加などを求められるらしい。

それに振り回されて、第一営業部の人達は四苦八苦しているのだとか。そして黒崎部長も巻き込まれている、と。

「そういえば、今日向こうで出されたコーヒーがクソ不味《まず》くてな。せっかく良い豆を使っているのに、淹《い》れ方が下手なせいで台無しだ」

「それは、残念でしたね」

「ちょうどいいから、うちの取引先のカフェがやっているコーヒーの淹《い》れ方講座でもすすめてやろうとしたら、第一の営業に止められた」

「あはは。嫌味だと思われちゃいますもん。そりゃ止めますよ」

「だがな、仮にもレストランチェーンの来客用コーヒーが不味《まず》いのは、信用に関わるだろう。まあ、今度社長に会った時にそれとなく話すつもりだが」

（ふふっ）

私はくすくす笑いながら、買ったばかりのおしるこの缶を両手で握った。

他の会社の社員にまで厳しいのが、『鬼の黒崎』らしいなあ。

それに、取引先の社長相手にそんな話までできるなんて、よほどの信頼関係を築いているんだろう。彼が部の垣根《かきね》を越えて駆り出されるのもわかる気がした。

「でも、企業向けにコーヒーやお茶の淹《い》れ方講座を紹介するのはいいかもしれませんね。インスタントコーヒーでも、淹《い》れ方一つで味が違いますし」

私達のクライアントである個人経営のカフェや喫茶店にも、それをきっかけにお客さんが増える可能性だってある。

「来客用や社内でのお茶出し以外にも、最近では自分で淹《い》れたコーヒーをマイボトルに入れて出勤する人も多いらしいですから、需要はあるかも」

美味《おい》しいお茶やコーヒーの淹《い》れ方を実地で学びたいって人は、多いんじゃないかな。

「だろう？　今度企画を詰めてみるか」

黒崎部長はすっかり乗り気なようだ。

どこか楽しそうな彼の横顔に、胸がキュンとなる。

アリスにメロメロな部長も好きだけど、仕事に夢中な部長も……好き。

（って、私、すっかり思考が乙女っぽい！）

なんだか無性に恥ずかしくなった私は、それを紛らわすみたいに、ずっと手の中で弄《もてあそ》んでいたおしるこの缶のプルタブを開けようとする。

しかし、先日短く切ってしまった爪のせいで、なかなか開けられない。

（うー）

カツカツとプルタブを引っ掻《か》いていたら、見かねた黒崎部長が隣からひょいと缶を取り上げ、代わりに開けてくれた。

「ほら」

「あ、ありがとう、ございます」

「ん」

何気ない彼の行動一つに、心がときめいて、泣きそうになってしまう。

もう！　私、黒崎部長のせいですっかり情緒不安定だよ。

……だけど、久しぶりに部長と二人っきりで話せて、嬉しい。

それが仕事の話でも、短時間でも、嬉しかった。

部長と話をするとなったらもっとドギマギして、挙動不審になっちゃうかと思ったけど、内心はともかく、表面上は普通に会話できているし、よかった。

もう少しこのままでいたくて、開けたおしるこに口をつけないまま、ふうふうと息を吹きかけて間を持たせる。

そんな私を見て、黒崎部長がくくっと笑った。

「いや、そうやって両手で持ってさ、一生懸命息を吹きかけているところ、可愛いなぁと思って」

「な、なんですか」

「……っ」

かあああっと顔が熱くなる。

か、可愛いって、言われた。

い、いや待て。どうせ黒崎部長のことだから、「小動物みたいで」とか「アリスみたいで」とか思ってるだけだろう。女の子相手というより、小動物を相手にしている感覚なのだ、きっと。

(でも、それでも……)

黒崎部長にそう言ってもらえるのは、嬉しかった。

うわあああああ！　だから！　思考がすっかり乙女なのが！　恥ずかしい！

私は内心の動揺を隠すため、缶をぎゅっと握り締め、俯《うつむ》いた。

「なあ、高梨」

すると、黒崎部長に名を呼ばれる。

どこか忍ぶような響きの、囁《ささや》きにも似た声は、先ほどまでの話し声よりもやけに甘く感じられて、ドキッとしてしまう。

「ぶ、部長……？」

おずおずと顔を上げ、隣に立つ黒崎部長へと視線を移せば、彼の表情はとても真剣だった。

（あ……）

この顔には覚えがある。そう、あの夜、私に迫《せま》ってきた時の顔に似ているのだ。

（どうして……？）

黒崎部長の声が甘く感じられるのも、その表情に熱を感じるのも、私の気のせいなんだろうか？

それともこれは、そうあってほしいという、私の願望なのだろうか。

「メールにも書いたが、この仕事が一段落したら、また二人で飲もう。それで……」

「あっ、いた！　黒崎部長！」

その時、部長の言葉を遮《さえぎ》るように大きな声が響く。

私達は二人してビクッと肩を震わせ、声の方に視線を向けた。まるで密会を見咎《みとが》められたみたいで、ひどくばつが悪い。

（あの人は……）

黒崎部長に声をかけてきたのは、第一営業部の営業さんだ。

い、今の話、聞かれてないよね？

私と部長が二人で飲んだことがあるって知られて、それが噂《うわさ》にでもなったら、周りに——特に黒崎部長狙いの女性社員達にどんな目で見られるかわからない。

「すみません！　木崎《きざき》社長から先ほど電話があったそうですが、条件を一部変更したいって言ってるとかで」

私達のやりとりを聞いたのか聞いていないのか、こちらに駆け寄ってきた第一の営業さんはとても慌てた様子で言い募《つの》る。

どうやら例の大手レストランチェーンの契約の件でトラブルがあったらしく、今すぐ黒崎部長に来てもらいたいようだ。

「またか……。わかった、すぐに行く」

黒崎部長は盛大に顔をしかめ、「はあ」とため息を吐く。

「すまん、高梨。さっきの話はまた後日に」

「は、はい。あの、お疲れさまです。頑張って、ください」

私がそう言うと、黒崎部長はぽんぽんと私の頭を撫《な》で、声をかけてきた営業さんと共に第一営業部へと向かった。

二人の背中を見送って、撫《な》でられた頭に触れる。

黒崎部長、何を言おうとしたのかな？

『また二人で飲もう。それで……』

それで……の、その先は？

またペットの話で盛り上がろう、とか？

まさか、あの夜のこと……だろうか。

（うー、こんな状態で放置なんて。第一の営業さん、タイミング悪すぎだよ）

気になって仕方ない、いっそメールで聞いてしまおうか。

でも、部長は「また後日」って言ったし、忙しい部長を煩《わずら》わせるのも躊躇《ためら》われる。

悶々《もんもん》としながら、私はまだ一口も飲んでいないおしるこの缶を手に、自分のデスクに戻った。


その後も、例の大手レストランチェーンから契約条件の変更や見積もりの修正依頼が相次ぎ、黒崎部長は第一営業部の面々と共に調整に追われていた。

もしかしたら、またばったり会えるかも、なんて期待して時折休憩室に行ってみるものの、あれ以来、部長と二人きりになれる機会はない。こうして「また後日」の「後日」がやってこないまま時は過ぎ、三月になった。

部長と身体を重ねてから、もう一ヶ月以上経っている。これだけ日が経つと、あの夜のことは夢だったんじゃないか、とさえ思えてきた。

確かに現実だったはずなのに、あの時感じた熱や感触が、自分の中でどんどん薄らいでいくのだ。

こうして自然に、なかったことになるのかな。

その方がいいのかもしれない。

けれど一方で、それは嫌だと思う自分がいる。

あの夜のことを、なかったことにしたくない。

叶うならもう一度、あの温《ぬく》もりに抱かれたい。なんて、はしたないことを考えては、そんな自分に自嘲《じちょう》の笑みを浮かべてしまう。

職場で黒崎部長の顔を見る機会が減っているから、よけいに恋しいのかもしれない。

例の案件に追われ、黒崎部長は自分のデスクにいることもまれになった。第二営業部のことは課長に任せ、今は第一営業部の取引に尽力してほしいと上層部から命じられているらしい。

この契約には社運がかかっていると言っても過言ではない。上がそちらを優先させるのは当然だろう。でも部下としては、うちの部長を第一にとられたようで、面白くない。

おまけに黒崎部長の目が届かなくなったことで、部の雰囲気が変わってしまった。

部長不在の間、第二営業部を任されているのは石橋《いしばし》課長。四十代の男性社員で、温和で優しい性格から部下に慕《した》われている。黒崎部長が叱り役なら、石橋課長はフォロー役。

かつてはそれで上手くいっていたのだけれど、部長がいなくなったことで回らなくなってしまった。

石橋課長はフォローは上手いけれど、人を叱ったり、注意したりするのは得意ではないのだ。というか、部下相手にも強く出られないから、特に青山先輩などは石橋課長の言葉を「はいはい」と笑って聞き流す。

そのせいで第二営業部にかつてあった緊張感は薄れ、ミスやクレームが目に見えて増えた。

先日も、青山先輩が担当する個人経営のカフェへの納品ミスが発覚し、クレームになったばかり。青山先輩が追加で受けたコーヒー豆の受注処理指示を滝川さんに出し忘れ、納期に商品が届かず、苦情が入ったのだ。

しかも青山先輩は、電話口では相手に「すみませ〜ん。すぐに手配しますんで」とへらへら謝っていたくせに、その電話を切るなり、「ったく、うるせぇ女だなあ」と悪態をついていた。

第一営業部で一緒に働いていた時からそうだったけれど、青山先輩は女性、特に年下の女性を下に見る傾向が強い。男性のクライアントにはへこへこするのに、相手が女性だと舐《な》めた態度をとるのだ。よくそれで営業が務まるなと呆れ返る。

（黒崎部長がいたら、青山先輩にビシッと注意してくれるのになあ）

石橋課長も注意はするものの、青山先輩にはまったく響かない。

いっそ、黒崎部長に現状を伝えようかと何度も思った。直接話すことはできていないけれど、メールのやりとりはずっと続いているから。

けれど、なんだか告げ口をするみたいで躊躇《ためら》われたし、何より忙しい彼にこれ以上負担をかけたくなかった。

それに、例の契約が無事にまとまりさえすれば、黒崎部長は帰ってくる。帰ってきたら、青山先輩も今のようには振る舞えないだろうし、また元の、緊張感のある職場に戻るだろう。

その時まで我慢、もう少しの辛抱《しんぼう》だと、私は自分に言い聞かせていた。

「あ、高梨さん。ランチの帰り？」

三月初旬。週も半《なか》ばの水曜日。

昼食を会社近くのお蕎麦《そば》屋さんで済ませ、社に帰る途中、私は外回りから戻ってきたらしい吉田さんに声をかけられた。

「はい。今日はたぬき蕎麦《そば》屋さんで」

「あそこのたぬき蕎麦、美味《おい》しいもんね」

私が今日行ったお店は、安い、早い、美味《うま》いと評判のお蕎麦《そば》屋さん。特にたぬき蕎麦《そば》が絶品で、今回もたぬき蕎麦《そば》を食べてきた。

このごろは昼休みに青山先輩に絡まれるのが嫌で、なるべく外のお店で食べるようにしている。

お財布には少々痛いけれど、良い気分転換にもなっていた。

「俺も今日は蕎麦《そば》にしたんだ。取引先近くの立ち食い蕎麦《そば》」

営業さんだと、外回りのついでに食べてくることが多いもんね。

「美味《おい》しかったですか？」

「うん。安いのにかき揚げが大きくてさ。しかも揚げたてサクサク」

「うわあ、いいなあ」

さっそく吉田さんからそのお店の名前と場所を聞いた。今度行ってみよう。

「そういえば、先週はありがとうね。おかげで助かったよ」

「いえいえ、どういたしまして」

実は先週、私は吉田さんのお供で外回りに同行したのだ。

取引先に持って行く商品のサンプルが多くて困っていたから、荷物持ちに。

「外回りに同行することって滅多にないですし、新鮮で楽しかったです」

それに、訪問した先のカフェのマスターがとても感じの良い人で、新メニューの試食ということで、美味《おい》しいケーキをごちそうしてくれたのだ。

和《なご》やかに談笑する吉田さんとマスターを見て、良い信頼関係が築けているんだなあって、しみじみ思ったよ。

「今日もマスターのとこ行ってきたんだけど、あの時の子は一緒じゃないのか、お前だけじゃ花がない、なんて言われたよ」

「あはは」

「今度、お客さんとして顔を出してあげて。きっと喜ぶから」

「私もまたマスターのコーヒーとケーキを味わいたいので、ぜひ」

なんて吉田さんと話しながら、営業部のあるフロアに戻る。

すると、昼休み終了間近のオフィスはやけにざわついていた。

「どうしたんだろう？」

吉田さんも異様な雰囲気に気付いて、首を傾げる。

そして第二営業部のオフィスに入ったところ、第一営業部の営業さん二人と青山先輩、石橋課長が相対していた。

「俺達が何ヶ月かけてこの取引に臨《のぞ》んできたと思ってるんだ！　ふざけんなよ！」

「そ、そんなこと言われても……」

「稲田《いなだ》会長は今回の取引はおろか、うちと結んでいる契約を全て解除するってカンカンだ。いくらの損害になる？　どうしてくれるんだ。お前に責任とれるのか！」

「ま、まあまあ。落ち着いてください」

第一の営業さん二人が青山先輩に詰め寄り、それを石橋課長が宥《なだ》めている。周りの社員は、彼らを遠巻きに見ていた。

私と吉田さんは近くにいた営業事務の太田さんに、小声で「何があったの？」と尋ねる。

「あ、高梨さん、吉田さん。実はね……」

太田さんが声を潜《ひそ》めて事情を話してくれた。

なんでも、青山先輩が個人経営のカフェを相手にやらかした納品ミスの件で、再度クレームが入ったらしい。

「あのあと、結局コーヒー豆が届かなかったんですって」

「ええ!?」

すぐに手配すると言ったのに、青山先輩はやらなかったのか。

「しかもね、そこの女性オーナーさん、第一営業部が新しい契約を結ぼうとしてた、あのレストランチェーンの会長のお孫さんだったんですって」

「うわっ」

「それは、なんというか……」

怒った女性オーナーさんは、お祖父《じい》様である稲田会長にこの件を伝えた。元々女性オーナーさんがうちと契約していたのも、稲田会長からのご紹介だったのだそうだ。

そして、孫娘の話を聞いた稲田会長は大激怒。そんないい加減な会社とは金輪際《こんりんざい》付き合えないと、これから結ぼうとしていた新規の契約だけでなく、既存の契約も全て打ち切ると第一営業部にクレームを入れた。

寝耳に水の第一営業部は大混乱になり、血気《けっき》に逸《はや》った第一の営業さん達が諸悪の根源である青山先輩のところに怒鳴りこんできた、と。

「それは怒るのも無理ないよ。というか、本当に契約を切られたらかなりやばいよね」

吉田さんの言う通りだ。件《くだん》のレストランチェーンとの契約が打ち切りになった場合、その損害は甚大《じんだい》なものになる。それだけでなく、今回の件が業界に知れ渡ったら、他にも契約の打ち切りを申し出てくるクライアントがいるかもしれない。相手はそれだけ影響力のある企業なのだ。

だけど私は何より、新規の契約に向けて尽力してきた第一営業部のみなさん、そして黒崎部長の努力を水の泡にされたのが、悔しくて腹立たしかった。

「最ッ低」

怒りのあまり、罵倒《ばとう》の言葉が口から零《こぼ》れる。

吉田さんと太田さんも、ため息を吐きつつ頷いた。

「本当、最低だよ」

「これはさすがに救いようがないですよね。最悪です」

私達の話が聞こえたのか、第一の営業さん達に詰め寄られていた青山先輩がこちらを憎々《にくにく》しげに睨《にら》みつけてくる。

（なによ。悪いのは自分じゃない）

私はムッとした顔で先輩を睨《にら》み返した。

すると、彼ははっと何かを思い付いたような顔をしたあと、信じられないことを口にする。

「……っ、本当にすみませんでした！　俺が、高梨なんかに大事な受注処理を任せてしまったばっかりに、こんなことに！」

「はあ⁉」

思わず声を上げたことで、その場にいた全員の視線が私に集まった。

「俺が高梨なんかに頼まず自分でやっていたら、こんなことには……」

ま、待って。何を言ってるの、この人。

絶句する私に、青山先輩は矢継《やつ》ぎ早《ばや》にまくしたててくる。

「俺は高梨に受注処理をしておくように指示した！　急いで発送しろって。それをこいつが忘れやがったから、こんなことになったんだ！」

「そ、そんな指示、私は受けていません！」

「嘘をつくな高梨！　お前がミスしたんだろう！」

「私はっ……」

「こいつ、昔から使えない奴だったんですよ。ミスは多いし、気が利かないし、仕事は遅いし。あーあ、こんなことならベテランの滝川さんに頼んでおけばよかった。いやね、滝川さんが忙しそうにしてたから、仕方なく暇そうだったこいつに頼んだんですよ。でもまさか、受注処理を忘れるなんて凡ミスをやらかすとは」

「なっ」

どうしてこんな嘘がつけるのか、どうしてここまで貶《おとし》められなければならないのかと、怒りで身体が震える。

「待ってください、私は本当に指示なんか……」

「言い逃《のが》れするつもりか！　見苦しいぞ高梨！」

そのセリフ、そっくりそのまま青山先輩に返しますよ！

そう怒鳴りたい気持ちを抑えて、私はいったん心を落ち着けようと深く息を吸い、吐く。

そして、なるべく冷静な声で先輩に尋ねた。

「じゃあ聞きますけど、いったいいつ、どんな状況で私にそんな指示を出したって……」

「いいから謝れ！　高梨！」

「いや、ですから」

「言い訳は見苦しいぞ！」

「っ、こっ、の……！」

感情的にならず、順序立てて話を整理しようと思っても、そうはさせまいとばかりに先輩が暴言を飛ばしてくる。

彼はどうあっても私に自分のミスを押しつけたいのだ。これではらちが明かない。

いい加減嫌気がさして、周りに助けを求めるべく視線を巡らせると、第一営業部の二人が軽蔑《けいべつ》の眼差《まなざ》しでこちらを睨《にら》んでいた。

青山先輩を、ではない。私を、だ。

（え……）

な、なんでそんな目で私を見るの？

まさか、青山先輩の嘘を信じているの？

彼らの目には、自分のミスをなんとか誤魔化そうとする私と、そんな私を叱責する先輩という構図ができあがっているようだ。

（嘘でしょ……）

ちゃんと弁明すればわかってもらえると思っていた。

だが、それすらさせてもらえず、このままでは……。

そう思った瞬間、全身から血の気が引いていく。

「おい！　青山の言っていることは本当なのか」

先ほど青山先輩に「責任とれるのか！」と詰め寄っていた第一営業部の人が、ズカズカと私の方に歩み寄ってきた。

(本当なのかって、違うって言ってるのに信じてくれないじゃない！)

さらにその人は私の手首をいきなり掴み上げると、「本当なのかって聞いてるんだ！」と怒鳴ってくる。

「やっ……」

掴まれた手首の痛みと、間近に迫《せま》る男の人の剣幕に、私はびくっと身体を強張らせた。

もし私が男だったら、そのまま殴られていたかもしれない。それほどの怒気を向けられている。

(私、私は……っ)

青山先輩から受注処理指示なんて受けてない！

「ち、ちが……っ」

「素直に非を認めて謝れ！　高梨！」

否定しようとした言葉は、青山先輩の怒鳴り声にかき消されてしまう。

それに追い立てられるように、私の手首を掴んでいる彼が言った。

「答えられないってことは、やっぱり君がミスをしたのか」

（ちがう……）

青山先輩も、彼の隣にいるもう一人の第一営業部の男性も、憎々《にくにく》しげな顔で私を睨《にら》んでいる。

違う。私じゃない。私は何もミスなんかしてない。

そう言いたかった。

なのに、唇が震えて言葉が出てこない。どうして……？

「……っ」

せめて否定の意思だけは伝えようと首を横に振るけれど、拘束《こうそく》は緩《ゆる》まない。それどころか手首を掴む力が強まり、「言いたいことがあるならはっきり言え！」と再び怒鳴られる始末。

（ひっ）

びくっと身を竦《すく》ませた私は、助けを求めて周りを見回した。

しかしみんな――隣にいた太田さんも吉田さんも、男性社員の剣幕に慄《おのの》いた様子で私から距離を置き、困惑の表情を浮かべるばかりで、誰も助けてくれない。

まさか、みんなも私がやったのだと思っているのだろうか。

私が青山先輩からしょっちゅう仕事を押しつけられていたのは周知の事実だ。その中に今回の受注処理の指示もあって、私がそれを忘れてしまった可能性もあるって、思っているのだろうか。

（いや……っ）

心に真っ黒いインクを落としたように、不安が広がっていく。

私が違うと否定しても、無駄なのかも。

だって、もし「指示を受けていないという証拠はあるのか」と反論されたら、口頭で指示を受けたか受けていないかなんて、証明のしようがない。

周りの人達も、石橋課長も、何も言ってくれない。それは違うよって、高梨さんのせいじゃないよって、言ってくれない。

私を見るみんなの目が怖かった。みんながみんな、私を疑っているように思える。

どこにも味方なんていないのかもしれないと感じ、怖くてたまらない。

「だから、悪いのは全部こいつで……」

「何を騒いでいる！」

不安と絶望で涙が零《こぼ》れそうになったその時、懐かしい怒声が響き渡った。

（黒崎部長……）

彼は第一営業部の白山《しろやま》部長、上役の絹川《きぬかわ》統括部長を連れてこちらに歩み寄ってくる。

そして私の手首を掴んでいた第一営業部の人に「離せ」と唸《うな》るように言う。とたん、その人は慌てて手を離し、一歩下がった。

黒崎部長は今にも泣き出しそうだった私の顔を見て、眉間に皺《しわ》を寄せる。

もしかして部長も、私がミスをしたと思っているのだろうか。

そんな不安が過《よぎ》ったけれど、渋面《じゅうめん》を浮かべた彼が私に投げかけたのは、責める言葉ではなく、優しく気遣う言葉だった。

「大丈夫か？　高梨。大体のことは電話で聞いている。怖い思いをさせたな」

「部長……」

挫《くじ》けかけていた心に、彼の言葉が沁《し》み渡る。

安堵からか、涙がぽろっと零《こぼ》れた。

「ぶ、部長！　すみません！」

すると、黒崎部長達の登場に動揺した様子の青山先輩が、慌てて言い募《つの》る。

「今回の件は、高梨が俺の指示を忘れて受注処理をしなかったせいで起こってしまったことで、責任は俺ではなく高梨に……」

「わ、私はそんな指示、聞いていません！」

（あっ）

ようやく声が出た。部長が来てくれたから、だろうか？

と、とにかく。これ以上好き勝手言われてなるものかと、私は零《こぼ》れた涙をぐいっと拭《ぬぐ》って反論する。

黒崎部長なら、ちゃんと私の話を聞いてくれる。

青山先輩の嘘を鵜呑《うの》みにしたりなんてしない。そう、信じられた。

私はキッと、先輩を睨《にら》みつける。

「青山先輩は嘘をついています」

「う、嘘をついてるのはお前だろう！　俺はちゃんと伝えたぞ！　お、俺が言っていないって証拠はあるのか！」

「……っ」

やっぱりそこを突いてきたか。

指示を受けていないという証拠なんか提示しようがないのにと、私は顔をしかめた。

すると、黒崎部長が口を開く。

「いつだ」

「えっ」

「その指示を高梨に出したのはいつだと聞いている」

部長は青山先輩の顔を見据え、問いただした。

その視線の強さから目を逸《そ》らすみたいに視線を泳がせた青山先輩は、口籠《くちご》もりながら答える。

「え、えええと……あ……あれは……先週の金曜！　そう、先週の金曜の午後です！　先方からクレームをいただいてすぐ、高梨に指示しました」

　それを聞いて、吉田さんが「あっ」と呟く。

（その日は……）

　私も、少し遅れてその意味に気付いた。

「本当に、間違いないか？」

「はい！　間違いなく、俺は高梨に言いました！」

　黒崎部長に念を押され、青山先輩ははっきりと頷く。

　よくもまあ、こんな自信満々に嘘がつけるものだ。

　だけど今は、その嘘に救われた。

　私はすうっと息を吸って、青山先輩、そして黒崎部長に視線を向ける。

　大丈夫、もう怖くない。あんな人なんかに、負けたりしない。

　そう自分に言い聞かせ、私は堂々と自分の無実を主張した。

「黒崎部長、私は金曜の午後、青山先輩がクレームを受けたのを見ました。でも私はそのあとすぐに、吉田さんの外回りに同行して席を離れています」

　そうなのだ。青山先輩がクレームを受けた日と、吉田さんの外回りに同行した日は同じ、先週の金曜日。さらに……

「当日、私は直帰しているので、青山先輩からの指示を受けるのは不可能です」

あの日は何軒も取引先を回ることになっていて、帰りが遅くなるから直帰していいと、石橋課長に言われていたのだ。

だから、私が青山先輩の指示を受けていないことは証明できる。

クレームを受けてすぐに指示を出した、なんて嘘をついてくれてよかったよ。これが他の日時だったら、こうはいかなかった。言った言わないの水かけ論をずっと続ける羽目になっていたかもしれない。

「黒崎部長、高梨さんの主張は本当です。俺もあの日、彼女と一緒に青山がクレームを受けたのを見ました。それからずっと一緒にいましたが、青山が高梨さんに指示を出している様子はありませんでしたよ」

私に続き、吉田さんも証言してくれた。

そして彼は小声で、「すぐに庇《かば》えなくてごめんね」と謝る。

一方、墓穴を掘った青山先輩はもごもごと口を動かし、次の言い訳を考えている気配だった。この期《ご》に及んでまだ、自分のミスを認めないつもりなのだろうか。

「あっ、そ、それは……。あー、そういえば指示を出したのはクレームを受けてすぐ、じゃなくて、その、後日だった気が……」

なんともおそまつな言い訳に、黒崎部長が「ハッ」と冷笑を浮かべる。

「お前はさっき、クレームを受けた直後に指示を出した、間違いないと言ったじゃないか。そもそも、クレームを受けた案件にすぐとりかからず、土日を挟んでから指示を出したのなら、ずいぶんと怠慢《たいまん》だな。第一……」

黒崎部長は青山先輩に歩み寄り、彼のネクタイをガッと掴んで引き寄せ、低く唸《うな》るみたいに言う。

「高梨は指示を忘れるような能無しじゃない。お前と違ってな」

（黒崎部長……）

「……う、うあ……」

一方、部長に睨《にら》みつけられた青山先輩はあうあうと言葉にならない声を上げるばかり。

さっきまで自信満々な顔で私を非難していた彼の変わりように、少しだけ溜飲《りゅういん》が下がった。

狼狽《ろうばい》する青山先輩に、黒崎部長は追い打ちをかける。

「さっきはさんざん高梨のことをけなしていたそうだが、俺に言わせれば、仕事ができないのはお前の方だ！　相手が稲田会長の孫娘でなくても、商品の手配を二度も忘れるなど許されることじゃない！　あまつさえ、自分のミスを他人に押しつけるなど言語道断だ!!」

「ひいっ」

久しぶりに特大の雷が落ち、青山先輩が身を竦《すく》ませる。

「よくもまあ、自分の無能を棚に上げて、あれほど悪口雑言《あっこうぞうごん》を吐けたものだな。恥を知れ!!」

「す、すみませ……っ」

「まあまあ、黒崎部長」

それまで黙って成り行きを見守っていた第一営業部の白山部長が、柔和な笑みを浮かべて「もうその辺で」と黒崎部長の肩を叩く。

「彼の処遇については後ほど改めて。原因もはっきりしたことですし、今優先すべきはそんな人の断罪ではなく、先方に謝罪することでしょう?」

白山部長は御年五十七歳。しかし、うちの父と同い年とは思えないほど若く見える、スマートで紳士的な人だ。

肩書き上は同格とはいえ、自分よりうんとベテランの白山部長に宥《なだ》められた黒崎部長は、怒りを鎮《しず》め、先輩のネクタイから手を離した。

しかし、さりげなく青山先輩を「そんな人」と呼ぶあたり、白山部長も今回の件は腹にすえかねているのだろう。よくよく見れば、口元は笑みを浮かべているのに目が笑っていない。新人のころは気付かなかったけど、この人、黒崎部長より怖いかもしれない。

「この度《たび》は私の部下が大変なことをしでかし、本当に申し訳ありませんでした」

黒崎部長は白山部長と絹川統括部長に向き合い、深々と頭を下げた。

今回の件は上司である自分の責任です、と誠心誠意謝罪する黒崎部長の姿に、さしもの青山先輩も悪あがきをやめ、「も、申し訳ありませんでした」と力なく頭を下げる。

「うむ。とりあえず君には我々と共に謝罪に行ってもらう。黒崎、木崎社長を通して先方にアポをとってくれ。もちろん、お孫さんの方にもな」

「はい」

絹川統括部長の言葉に頷いたあと、黒崎部長は石橋課長を呼び寄せて今後の指示を出した。

それから、まだ混乱したままの第二営業部の面々に言う。

「稲田会長の件は俺達に任せておけ。絶対に契約打ち切りの撤回をもぎとってくる。だからお前達は安心して自分の仕事に戻れ」

よく通る声ではっきりと告げられた言葉に、私達は自然と、背筋をぴんと伸ばした。

「それじゃあ課長、すまないがこの場は任せる。何かあれば連絡してくれ」

最後にそう言い残し、黒崎部長は青山先輩を連れ、白山部長達と共にこの場から離れた。

（あっ）

去り際、こちらを振り向いた黒崎部長と視線が合う。

その眼差《まなざ》しは優しく、「よく頑張ったな」と労《ねぎら》われた気がして、再び涙が溢《あふ》れてきた。

(部長……)

私、やっぱり黒崎部長のことが好きだ。

それが部長として、上司の立場だったとしても、彼が言ってくれたことが嬉しかった。

私は能無しじゃないって、指示を忘れるようなことはしないって信じてくれたことも。

もし黒崎部長が来てくれなかったら、私はみっともなく泣いて、うろたえて、ろくに反論もできないまま、青山先輩のミスをなすりつけられていたかもしれない。

「……っ」

私は涙を拭《ぬぐ》って、気持ちを切り替えるため、深く息を吐いた。

そして残された第二営業部の面々は、それぞれ通常業務に戻る。

うちに怒鳴りこんできた第一営業部の二人も、決まり悪そうに黒崎部長達の後を追う。

自分のデスクへ戻る途中、何人もの同僚に「大変な目に遭《あ》ったね」、「あんな奴の言うこと、気にすることないよ」、「元気出して」と慰《なぐさ》められた。

それからさっきの吉田さんと同様に、「すぐに庇《かば》えなくてごめん」と謝ってくれた人もいた。

濡《ぬ》れ衣《ぎぬ》を着せられた時は、誰も私を庇《かば》ってくれない、ここには味方なんていない、なんて思っていたけれど、そんなことはなかったんだ。

たぶんみんな、あまりにもひどい青山先輩の言動に驚いて、言葉にできなかっただけなのだろう。それを私が、被害妄想にとらわれて悪くとっただけで。

「高梨さん、今日は早退しても大丈夫だよ？」

席について仕事を再開しようとしたら、石橋課長から気遣われてしまった。

「いえ、大丈夫です」

課長の言葉に甘えたい気持ちはあったけれど、謝罪に出向いた黒崎部長達のことが気がかりだったので、首を横に振る。

これから、青山先輩はどうなるのか。

今回の件で心を入れ替えてくれればいいが、あの人のことだから、期待はできないかもしれない。

そんなことより、稲田会長やお孫さんは謝罪を受け入れてくれるだろうか。

契約は、どうなるだろう。黒崎部長は「絶対に契約打ち切りの撤回をもぎとってくる」って言っていたけれど……

（大丈夫だといいな……）

黒崎部長や第一営業部の人達の努力が無駄になってしまうのは悲しすぎる。

溺愛するアリスと過ごす時間を削ってまで、ずっとやってきたのに。

（どうか、謝罪を受け入れてもらえますように）

私はそう祈りつつ、目の前にある仕事にとりかかった。

七

稲田会長が契約の打ち切りを撤回してくれたとの知らせが入ったのは、終業時刻間近のことだった。

その一報に、第二営業部でわっと歓声が上がる。

先刻は疑って本当に悪かった、と謝りながらその知らせを持ってきてくれたのは、私の手首を掴んで怒鳴った第一の営業さんだ。彼はこちらが申し訳なくなるくらい、平身低頭して謝ってくれた。

なんでもうちに怒鳴り込んだもう一人の営業さんが謝罪に同行していて、その様子や結果を連絡してきたのだそうだ。

そして、第二営業部の面々も気にしているだろうからと、こうして知らせに来てくれたのだとか。

彼が言うには、青山先輩を同行させたものの、黒崎部長は自分が矢面《やおもて》に立って「今回の件は全て、上司である私の責任です」と青山先輩を庇《かば》い、頭を下げたのだとか。

続けてその場で、もう二度と同じようなミスが起こらないようにと、今後の対応策や改善案を提示したらしい。それらはこれから両営業部で具体的に話し合われ、実施されていく予定だという。

最初は怒り心頭だった稲田会長もお孫さんも、誠心誠意頭を下げる黒崎部長の姿と、すぐさま対応策を講じる姿勢を評価し、矛《ほこ》を収めてくれた。

また第一営業部長、統括営業部長、さらに我が社の社長も謝罪に同行して頭を下げたことと木崎社長からのとりなしもあって、今回の件を許したということだ。

「うわあ、黒崎部長かっこいいなあ」

その話を聞いた第二営業部では、黒崎部長の株が鰻上《うなぎのぼ》りだった。

吉田さんなんて、「黒崎部長の漢気《おとこぎ》に惚れた！」と感嘆の声を上げている。

「あの状況で青山を庇《かば》うって、そうそうできることじゃないよ。俺なら『こいつが全部悪いんです！』って言っちゃいそう。だって実際、悪いのあいつだし」

興奮した様子の吉田さんの言葉に、太田さんもうんうんと頷く。

「私、黒崎部長のこと怖い人だなあって思ってたけど、怖いだけじゃないんですね」

たぶんこの部署で一番黒崎部長に雷を落とされていたであろう太田さんが、「私、黒崎部長の下で働けてよかったです」と言った。

それはきっと、今この場の誰もが実感していることだろう。

日ごろどんなに厳しくても怖くても、いざという時には部下を守ってくれる。公平で、責任感の強い人。

ましてや、まだたたき台の段階とはいえ、この短時間でクレーム元も納得させるような対応策と改善案を提示するなんて、本当に優秀だ。

今回の件で黒崎部長へ寄せるみんなの信頼が強まったのを、私は肌で感じていた。

「しっかし、社長や部長達に自分のミスで頭下げさせるとか、俺なら申し訳なさすぎて死にたくなるわ。まあ実際、青山はそれだけのことをしでかしてくれたんだけどな」

そう口にした第一の営業さんの言葉に、私達は「確かに」と苦笑する。

しかも、今後は職場でも、『自分のミスを後輩に押しつけようとした挙句《あげく》、社長にまで頭を下げさせた奴』として見られるのだ。針のむしろだろう。

ちょっといい気味、と性格の悪いことを思ってしまうのは、許してほしい。それだけの精神的苦痛を味わったのだから。

ちなみにその青山先輩は、謝罪先から直帰するらしい。まだ顔を合わせるのが気まずいので、それを聞いてホッとした。

そして黒崎部長達は、先方とのお詫びの酒席を設《もう》けることになったので、今はその会場に向かっているんだとか。

なんにせよ、無事に謝罪を受け入れてもらえてよかった。

心底安堵しながら、第一の営業さんが帰ったのを皮切りに、私達も自分のデスクに戻る。

帰る人は帰り支度を、残業していく人は仕事の続きを。私は前者だ。

（あっ）

すると帰り際、私のスマホにメールが届いた。相手は……黒崎部長⁉

慌ててメールを確認すれば、そこには「どうしても会って話したいことがあるので、遅い時間になって申し訳ないが、家に来てくれないか」と書いてあった。

メールにはさらに、「夜の十時ごろには家に帰れると思うので待っていてほしい。マンションの管理人に話を通しておくから、部屋に上がっていてくれ」とも記されている。

黒崎部長は稲田会長との酒席に同行することになったと聞いたし、おそらくそのあとに会いたいということなのだろう。

（でも、話したいことって……？）

黒崎部長が以前休憩室で話そうとしてできなかった話、なのかな。

もしくは、状況から考えて今日の一件についてかも。

だけど、そのためにわざわざ家に？　メールでも電話でもなく、会って話さないといけないことって、いったい……

（も、もしかして、あの夜について改めて話し合おうとか？）

だって今日の一件や仕事のことなら、会社でもできる話のはず。

人目を避けるように家で話をするというのは、誰かに聞かれたら困る話だからなのかもしれない。

面と向かって、「あの夜のことは忘れてくれ」なんて言われるのかも。

(どうしよう)

「高梨さん?」

黒崎部長のメールを見ながら悩んでいたら、吉田さんに名前を呼ばれた。

「はっ、はいっ」

「どうしたの? 難しい顔してスマホ睨《にら》んで。何かあった?」

「い、いえ、別に何も」

「そう? あ、そうだ。よかったらさ、今日一緒に飲みに行かない? その、気晴らしに、ぱーっと。太田さんとか、他のメンツも誘って」

「あ、えっと」

吉田さんなりに、青山先輩との一件を気遣ってくれているのだろう。

その気持ちはありがたい。でも……

「すみません。ちょっと用事入っちゃって。また今度、誘ってください」

私はそう言って頭を下げると、荷物を手に更衣室へ向かった。

更衣室で制服から通勤着に着替えた私は、そのまま真っすぐ家に帰る。

黒崎部長には電車の中で、「わかりました。お邪魔します」と返事を送っておいた。

本当は、ちょっと怖い。お家にお邪魔するのはあの夜以来だし、もしかしたら私の失恋がいよいよ確定する可能性だってある。

だけど、だからといって結論をずるずると先延ばしにするわけにもいかないと、勇気を振り絞ったのだ。

「ただいま」

「ワンッ！」

家に帰れば、いつものように太郎さんが愛嬌《あいきょう》を振りまきつつ「おかえり！」と出迎えてくれた。

「太郎さ〜ん！」

「ワフ」

ううう、やっぱり太郎さんはうちの天使だ。

私は涙目になりながら、可愛い可愛い太郎さんを抱き締め、ちょっぴり硬い毛皮を撫《な》でまくった。

「クウン？」

どうしたの？　と問うみたいに、太郎さんは少し湿《しめ》った鼻先をフンフンと私の顔に向ける。

その優しい気遣いに、色々ありすぎて疲れていた心が、じんわり癒《いや》されていくのを感じた。

「太郎さーん」

「ワフ！」

太郎さんの温《ぬく》もり、この毛皮の手触り。安心するー！

「こらこら、いつまで玄関先で太郎さんといちゃついてるんだ」

リビングからひょっこり顔を出した兄が、トレンチコートを着たまま太郎さんにじゃれつく私に呆れた表情を浮かべる。そういえば、今日兄は仕事が休みだった。

休診日以外は、両親と兄、そして通いの獣医師さんが交代で休みを回しているのだ。

もっとも、休みの日に家にいると手が足りない時に駆り出されたりするんだけど。

「ただいま、お兄ちゃん」

「おう、おかえり。今日はお前の好きなビーフシチューだぞ」

そう言って、兄は再びリビングに引っ込む。ああ、今日の夕飯当番は兄だったっけ。

私は自分の部屋に入ってバッグを置き、トレンチコートを脱いで洗面所に向かった。

そこでうがいと手洗いをして、化粧を落とす。

それから兄の手伝いをして夕飯の支度をし、仕事を終えた両親も交えて四人で食事をとる。

ビーフシチューに合わせて、軽くトーストしたフランスパンとコールスローサラダが食卓に並んでいた。

大好物のビーフシチューなのに、このあとのことを考えると気もそぞろで、味がよくわからない。

「あ、お父さん、お母さん。食べ終わったあとね……」

夕食の席で、家族に今夜出かけることを伝える。

正直に上司の家に行くとは言えなかったので、友達の家に行くと嘘をついた。時間が時間だから、もしかしたらまた終電を逃《のが》すかもしれない。その時には友達の家に泊めてもらうと説明しておく。実際には、ネットカフェか二十四時間営業のファミレスにでも入って、始発を待とうと思う。

食後は太郎さんの散歩を兄に代わってもらい、お風呂に入って着替えて、化粧をする。

服は迷った末、オフホワイトのVネックニット、淡い桜色のひざ丈スカートにした。スカートは共布《ともぎれ》のリボンを前で結ぶデザインで、腰回りがすっきりして見えるし、何より可愛い。その上にキャメル色をした薄手のフード付きコートを羽織《はお》り、靴はローヒールの赤いパンプスをチョイス。ちなみに生足ではなく肌色のストッキングを穿《は》く。

派手すぎず、地味すぎず、そこそこ上品な感じにまとまっている……かな？

支度が整ったのは九時前で、少し早いけれど家を出ることにした。

「なんか、友達に会うにしては服も化粧もやけに気合入ってないか？」

ちょうど散歩から帰ってきた兄にそう言われ、ドキッとする。

確かに友達に会いに行く時はもうちょっとラフな格好をするし、お化粧も最低限なことが多い。

兄には「そんなことないよ」と答えたけれど、黒崎部長と会うのについ気合を入れてしまった自覚はあった。だ、だって下手な恰好はできないよ。相手は上司だし、好きな人……だし。

「いってきます」

家を出て駅まで歩き、時間帯柄、乗客もまばらな電車に乗った。

車窓から眺める夜の街が何故かいつもとは違って見えて、ひどく落ち着かない。

窓に映る自分の顔も、不安そうだった。

それから二駅先で降りて、黒崎部長のマンションに向かう。

なんとなく手ぶらなのは決まりが悪く、前回と同じコンビニで缶ビールとお菓子を買っていく。

マンションに着き、メールで指示された通りに一階にある管理人室に声をかけると、管理人さんが部長の部屋の鍵を開けてくれた。

「お、お邪魔します」

ドキドキしながら、誰もいない、暗い空間に上がり込む。

照明を点《つ》けたところ、以前訪れた時とほとんど変わらない部屋の姿がぱっと照らし出された。

「あっ」

とたんに甦《よみがえ》るのは、あの夜の記憶。

あのソファの前で酔った部長に迫《せま》られて、キスをして、それから……

(って、思い出しちゃ駄目!)

羞恥心《しゅうちしん》に苛《さいな》まれた私は慌てて記憶を振り払い、アリスのいるケージに近付いた。

見れば、アリスは床に敷き詰められたウッドチップの上で、リス用フードをカリカリと一心不乱に咀嚼《そしゃく》している。

今夜は少し肌寒いけれど、ケージの下にはペット用のシートヒーターが置かれているので、アリスはぬくぬくと過ごせていたようだ。

「こんばんは、アリス」

ケージ越しに声をかけると、アリスはこちらに顔を向けたあと、また食事を再開した。

一生懸命齧《かじ》っている様子がなんとも可愛らしい。久しぶりに見るアリスの姿に心が和《なご》んだ。

ひとしきりアリスの食事風景を眺めた私は、はっと思い出して、黒崎部長にメールで部屋に到着したことを伝える。

まだ酒席が続いているのか、すぐに返信はこない。

こんなに遅くまで大変だなあと、以前「接待の酒は飲んだ気がしない」と愚痴《ぐち》を零《こぼ》していた彼の苦労を思った。

それから私は失敬して冷蔵庫を開け、買ってきた缶ビールをしまう。

冷蔵庫の中は、彼がいつも飲んでいるミネラルウォーターのペットボトルと缶ビールしか入っていない。相変わらず自炊はしていないようだ。

そしてコンビニで買ったホットコーヒーを飲み、アリスの姿を眺めながらぼーっと待つことしばし。

十時過ぎになって、ようやく部長から「今から帰る」とメールが届いた。

彼が帰ってくる。

その言葉を目にした瞬間、急に胸が苦しくなってきた。

部長はいったい、何を話したくて私をここへ呼んだのだろう。

この部屋へ来る時も感じた不安や緊張が、また募《つの》っていく。

「なんだか逃げ出したくなっちゃったよ、アリス……」

ここまで来ておいて今更、と自分でも思うけれど、心臓がバクバクして、色々な感情が込み上げてきて、苦しくて。ひどく落ち着かない気分だった。

「ねえ、アリス」

そう話しかけてみるものの、食事を終えて満腹になったらしいアリスは毛づくろいをしたあと、巣箱に引っ込む。

これが太郎さんなら話を聞いてくれるのにと、比べても詮無《せんな》いことを考えてしまった。

そしてついに、その時はやってくる。

「すまない、高梨。遅くなって」

帰ってくるなり、黒崎部長は謝罪の言葉を口にした。

アリスのケージの前で床に座り込んでいた私は慌てて立ち上がり、「いえそんな」と答える。

「お、お気になさらず。あの、それよりも、お疲れさま……でした」

酒席の会場は高級料亭と聞いてちょっぴり羨《うらや》ましくもあったけれど、いくら美味《おい》しい食事とお酒を味わえるとはいえ仕事だ。ましてこちらの不手際を謝罪した流れでの酒席では、気を使うばかりで疲労の方が大きいだろう。

そう思って労《ねぎら》いの言葉を口にすれば、黒崎部長は「ああ」と苦笑したあと、荷物を床に置く。それからネイビーのトレンチコートを脱いでソファの背に掛け、ネクタイを緩《ゆる》めながら腰かける。

その姿には疲れが滲《にじ》んでいた。

黒崎部長から香るのは、濃いお酒の匂い。彼自身に酔った様子はないけれど、その香りに再びあの夜の記憶が甦《よみがえ》り、いたたまれなくなる。

「高梨」

彼はそれだけ言って、自分の隣をぽんぽんと叩いた。

（えっ）

まさか、そこに座れということなのだろうか。

距離の近さに戸惑っていると、黒崎部長は催促《さいそく》するようにまたぽんぽんとソファを叩く。

「し、失礼、します」

私は逡巡《しゅんじゅん》の末、おずおずと彼の隣に座った。

「……ああ、そうだ。これ、コンビニの物で悪いが」

そう言って、黒崎部長は鞄と一緒に床に置いたコンビニの袋を引き寄せ、中から缶コーヒーを二本取り出して片方を私に渡す。

ホットの缶コーヒーは、まだ温かかった。

「あ、ありがとうございます」

「いや、気にするな」

黒崎部長は自分の分の缶コーヒーを開け、飲み始める。

何か話があったのでは？　と思いつつ、自分からそれを切り出すこともできない。私も手渡された缶コーヒーのプルタブを開け、ちびちびと舐《な》めるように啜《すす》った。

「…………」

すると今度は、黒崎部長がゴソゴソとコンビニの袋からチョコレート菓子を取り出す。

（あ、あのチョコ……）

有名ショコラティエが監修しているというちょっとお高いチョコだ。コンビニに行く度《たび》に買おうか迷い、値段の高さに断念していた代物《しろもの》である。

彼はそのパッケージを開け、一粒つまみ、何を思ったか私の口元に「ん」と運ぶ。

な、なんで？　なんで私、黒崎部長に手ずからチョコレートを食べさせられようとしているの？

いつかのおまんじゅうの時もそうだったけど、部長って人の口に食べ物を突っ込む趣味でもあるんだろうか。

「おい、口」

私が混乱して動けずにいると、部長はそのチョコを私の唇にむにゅっと押しつけてくる。

（ちょ、わ、わかりましたよ。食べます、食べますから！）

仕方なく、私はそのチョコレートを口に入れた。

とたん、心まで蕩《とろ》けるような繊細《せんさい》な甘味がいっぱいに広がる。

（ふわあ、甘い……）

舌の上で溶かすみたいに味わったあと、思いきってカリッと齧《かじ》った。中に詰められていたベリー系のソースが溢《あふ》れ、酸味のアクセントが加わったチョコレートの美味《おい》しさに思わず、「んん～」と悶《もだ》えてしまう。

そんな私を見ていた黒崎部長が微笑を浮かべ、「美味《うま》いか？」と尋ねた。

「はいっ、美味《おい》しいです」

「よかった」

そう呟いて、彼は言葉を続ける。

「疲れた時は、甘い物がいい。……今日は、災難だったな」

「あ……」

もしかして、黒崎部長は私を気遣ってわざわざこのチョコレートを買ってきてくれたのかな。

そう思うと、憧れていたチョコレートがよりいっそう特別なものに感じられた。

「ありがとうございます。それから、昼間も。本当にありがとうございました」

そういえばちゃんとお礼をしていなかったと、私は慌てて頭を下げる。

「お礼が遅れてすみません」

「いや、礼を言われることじゃない。むしろああなる前に、俺が対処すべきだったんだ。すまなかった」

「ぶ、部長が謝ることでは」

彼に深々と頭を下げられて、私はますます慌ててしまう。

「新規契約にかまけて、自分の足元が疎《おろそ》かになっていた。俺の責任だ」

「部長……」

「あのあと、石橋課長から改めて報告を受けた。青山の態度が日に日に悪くなっていたこと。特に、お前へ仕事や雑用を押しつけ、侮《あなど》るような発言を繰り返していたと。今日に限らず、これまでも俺の見ていないところで、ずいぶん嫌な思いをしてきたんだろう」

「石橋課長が……」

課長は黒崎部長が不在の間、自分が部をまとめなければと気負っていたらしい。

そして、多忙な黒崎部長を煩《わずら》わせたくなくて、青山先輩の態度について報告するのを控えていた。課長は「もっと早く部長に相談すべきでした」と、項垂《うなだ》れていたそうだ。

「それから滝川さんからも連絡をもらった。お前のことを心配していたぞ」

まさかの大先輩の名前に、私は驚きの声を上げる。

「えっ、滝川さんが！？」

「今回のクレームの件、お前には一切責任はないって念押しされた。それから、お前に悪いことをしたって。なんでも以前、滝川さんに注意されたらしいな。青山の態度に苛《いら》立《だ》って、つい言ってしまったと、反省していた。それから今日のことをお前が気に病《や》むかもしれないから、上手くフォローしてやってくれって頼まれたんだ」

滝川さんが、そんなことを……

注意されて以来、なんとなく避けられているような気がしていたので、てっきり、嫌われてしまったんだと思っていた。

だけど滝川さんは私のことを心配して、わざわざ黒崎部長に連絡してくれた。本当は気にかけてくれていたんだ。

そのことが嬉しくて、ほっとして、涙が滲《にじ》む。

「嬉しい、です」

「教えてくださって、ありがとう、ございます」

涙を拭《ぬぐ》いながら礼を言うと、黒崎部長は私の頭を優しく撫《な》でた。

「お前の仕事ぶりは俺だけじゃなくて、他の連中も認めている」

「ぶちょ……」

「よく、耐えたな」

その言葉を聞いた瞬間、ぶわっと大粒の涙が溢《あふ》れた。

これまでのこと。そして今日のことが脳裏を過《よぎ》る。

下に見られてこき使われて、挙句《あげく》、謂《いわ》れのないミスの責任を押しつけられそうになって、心ない言葉をたくさん、たくさんぶつけられた。

男の人に手を掴まれて、怒鳴られて。痛くて、怖くて。

なんでこんな風に言われなきゃいけないんだ、なんでこんな思いをしなきゃいけないんだって。悔しくて、腹立たしくて、悲しくて。

「嫌な思いをさせて、悪かった」

「ぶ、ぶちょ、は、わるく、ないっ……です」

彼の言う通り、私は嫌な思いをした。

だけど、黒崎部長が代わりに反論してくれたから。

私のことをちゃんと認めてくれて、庇《かば》ってくれたから。

そして、他のみんなも同じだと教えて、慰《なぐさ》めてくれたから。

だからもう、いい。青山先輩のためじゃなく、部署のみんなや、この人、そして自分のため、私は自分がされたことを、水に流せる。

「高梨……」

「うわあああんっ」

ああ、駄目だ。

上司の前なのに、大好きな人の前なのに、私、お化粧が崩れるくらい号泣しちゃってる。

でも、涙が止まらなかった。

「本当にすまなかった」

「ぶ、部長のせいじゃ、ないっ、です。そ、それに今日、あの場で部長が言って、くれたこと、う、嬉しかった、です。の、能無しじゃないって。青山先輩を、ビ、ビシッと怒鳴りつけてくれたのも、スッと、しました」

泣きじゃくりながら言うと、黒崎部長は苦笑した。

「あれは……。冷静に場を収めなければならなかったのに、すっかり頭に血が上《のぼ》ってしまった」

白山部長が止めてくれなかったら青山先輩を殴り飛ばしていたかもしれないとまで告げられて、私は「えっ」と目を丸くする。

「第一の営業の奴にも腹が立った。お前の手首をあんな乱暴に掴んで、怖がらせて」

苦々しげに言った部長は私の手をとり、「痣《あざ》にならなくてよかった」と呟く。

「え、えと」

「痣《あざ》になっていたら、あいつも青山も一発殴ってやるところだった」

確かに黒崎部長はあの時、ものすごく怒っていたけれど、まさか手を上げる寸前だったとは思わなかった。

「俺もまだまだだな。だが、自分の恋人が公衆の面前で罵倒《ばとう》されて黙っていられるほど、俺もできた人間じゃない」

（えっ）

部長、今、なんて？

なんか「自分の恋人」って聞こえた気がしたんだけど、気のせい、かな？

「上司としては失格だったかもしれないが、恋人として間違ったことはしていないと思う。あのあと白山部長にそう言ったら『まだまだ青いですね』と笑われてしまったが……」

気のせいじゃなかった!!

部長はまんざらでもない顔で仰《おっしゃ》るけれど、あの、ちょっと待ってください。

「私、部長の恋人だったんですか？」

驚きのあまり涙も引っ込み、真顔で問いかけると、それまで微笑んでいた黒崎部長が驚きの表情に変わった。

「はあ!?」

「いや、『はあ!?』って。それ私のセリフですよ！」

信じられない。何がどうして私は、自分も知らない間に黒崎部長の恋人になっていたんだ⁉

私は、私と同様に「信じられない」と言わんばかりの顔をしている黒崎部長に尋ねた。

「あの、黒崎部長はいつから私を恋人だと？」

「お前が初めてこの部屋に泊まった日から……」

部長曰《いわ》く。あの夜の私達は楽しくお酒を飲んで盛り上がって、良い雰囲気になってそのまま身体を重ねた。

(良い雰囲気？　酔った勢いじゃなくて？)

「俺はお前のことが好きだから抱いたし、お前も拒《こば》まず俺を受け入れてくれた。だからその、あの夜から俺達は恋人になったのだとばかり……」

「ま、待って。部長、私のこと好き、だったんですか？」

「そうだが？」

「聞いてないです！」

「言ってなかったか？」

「言ってないですよ！」

私は顔を真っ赤にして抗議する。

そこ！　そこ大事じゃないですかね‼

「部長、あのあともずっと態度変わらないし、メールは毎日くれたけど、内容はそれまでと同じでアリスのことや仕事のことばっかりだし。だから私、あの夜のことはてっきりなかったことにされたんだと……」

そう思って、悩んで、悩みまくった日々はいったいなんだったのか！

「し、信じられない」

「高梨」

「私一人悩んで、ば、馬鹿みたい」

引っ込んでいた涙が、また溢《あふ》れ出してくる。

「馬鹿、みたいっ！」

「高梨っ」

「っ、歩美！」

「んっ……!?」

泣きじゃくる私の手を掴んで強引に引き寄せ、黒崎部長は奪《うば》うように唇を重ねた。

「……すまなかった。一人で早合点《はやがてん》した挙句《あげく》、仕事の忙しさを理由におざなりにしてしまっていた。許してくれ」

「部長……」

「今からでも、聞いてくれるか？　俺はお前が好きだ」

「うそ……」

「嘘じゃない。実はアリスのことを知られる前から気になっていたんだ。よく気が利いて、働き者で、真面目で。小動物みたいに可愛くて、なのに根性があって、つい目で追ってしまう。芯も強くて、厳しく叱責されてもくじけず、仕事で応《こた》えてくれる。それからアリスのことを知られたあと、ドン引きされるかもしれないと思っていたのに、俺の話に付き合ってくれた。そして、『アリスのことが大好きなんですね』と笑いかけてくれた。あの笑顔を見た時から、お前を一人の女性として、強く意識するようになった」

そ、そんなに前から私のことを……と、驚きに目を見張る私に、黒崎部長は苦笑しながら言葉を続ける。

「お前を初めてこの家に招いた時も、あわよくばという下心があった。酒の勢いがまったくなかったわけじゃないが、俺はお前を自分のものにしたくて、手を出したんだ」

上司としては最悪だなと、彼は自嘲《じちょう》する。

「お前が受け入れてくれて、天にも昇る気持ちだった。朝、目が覚めてお前の姿がなかった時、嫌われたかもしれないと怖くなったが、お前からメールが届いて、避けられているわけではないと判断して……その、すっかり恋人になれたんだと思い込んで、安心してしまった。それくらい、ベッドでのお前は俺に応《こた》えてくれていたから。本当はもっとお前と過ごす時間を持ちたかったが、直後に例の案件に駆り出されるようになって、忙しくなって、後回しにしてしまっていた」

「部長……」

「この仕事が片付いたら……なんて、後回しにしていたのは俺の怠慢《たいまん》だ。何より、お前の気持ちも考えず、確かめようともせず……。本当に、すまなかった」

そう言って、彼は再び私に頭を下げる。

それから泣いている私を見つめて、再び口を開いた。

「今更だと、お前は思うかもしれない。だが言わせてくれ。お前が好きだ、歩美。俺の恋人になってくれ」

「ぶ、部長……。わ、私……」

真摯《しんし》に想いを伝えてくれたこの人を前に、堪《こら》えていた感情が溢《あふ》れ出す。

「あ、あの夜のこと、なかったことにされたのかなって、か、悲しかった。でも変についたら、もうペットの話すらできなくなるかもって、こ、怖くて」

泣きながら告げる私の話を、黒崎部長は黙って聞いている。

「メールは、くれるけどっ、ペットの話と、仕事の話ばっかりだし。そのうち、部長は他に良い人ができるんじゃないかって、不安で。だけど告白する勇気もなくてっ」

だって、いまだに信じられない。

私なんかが、黒崎部長に想われているなんて。

「わ、私みたいな、チビでっ、太ってて、美人でもない女。く、黒崎部長みたいな人には似合わないしっ」

「歩美……」

今だって私、すごく汚い顔をしているはずだ。

気合を入れたお化粧は涙でぐちゃぐちゃで、本当、みっともない。

「そんなことない。お前は可愛い。すごく、可愛い」

「うそだぁ」

「嘘なものか。この白い肌も、大きな目も、ふっくらした頬も。また触りたいと、仕事中なのに何度思ったかわからない。お前は可愛くて、魅力的な女だ」

「ぶちょう、目、腐ってるんじゃないですか……っ」

つい悪態をつくと、黒崎部長はくすっと笑って言った。

「たまに叩く憎まれ口さえ、俺には可愛く感じられる」

「っ……、ほんとう……に……？」

「ああ、本当だ」

「うそじゃ……ない……？」

「俺はどれだけ信用されていないんだ。……だが、お前が信用してくれるまで、何度でも言おう」

彼は私の涙を拭《ぬぐ》い、重ねて口にした。

「お前が好きだ、歩美」

「部長……」

「できれば部長じゃなくて名前で呼んでほしい。そして俺を、お前の恋人にしてくれ」

「……っ、は、春信、さん……」

初めて呼んだ、彼の下の名前。

まさかこんな風に黒崎部長を呼ぶ日が来るなんて、夢にも思わなかった。

「春信さんっ……、わ、私も春信さんのことが……す、好き、です。付き合って、くださぃ……っ」

震える声でそう告げると、黒崎部長――春信さんは笑みを深め、頷いてくれた。

「喜んで」

そして彼は、私の身体をぎゅうっと抱き締める。

久しぶりの、春信さんの温《ぬく》もり。

お酒の匂いに混じって、大好きな彼の匂いがほんのりする。

今ならわかる。春信さんは今夜、傷付いた私のことを上司としても恋人としても気遣い、労《ねぎら》い、慰《なぐさ》めようとして、ここへ呼んでくれたんだ。

春信さんだってこんなに遅くまで酒席に付き合わされて、疲れているだろうに。

思わぬ勘違いが発覚したけれど、それをきっかけに私達は……

ようやく、『恋人同士』という関係になれた。

嬉しくて、気恥ずかしくて、でも幸せだ。

胸がいっぱいで、涙が止まらない。

「うわあああんっ」

私は、春信さんのスーツを汚してしまうなあと申し訳なく感じながらも、彼の肩に顔を埋《うず》め、思う存分泣かせてもらった。

春信さんはそんな私を抱き締めて、「よしよし」と背中をさすりつつ、何度も「愛してる」と言ってくれたのだった。

八

「す、すみませんぶちょ……じゃなくて、春信さん。あの、洗面所をお借りしてもいいですか？」

「ああ」

ひとしきり泣いてようやく涙が止まったあと、気持ちも落ち着いた私は、まずぐちゃぐちゃになった顔をなんとかしなければと、バッグを手に洗面所へ向かった。

「うわ」

鏡を見れば、マスカラが涙で落ちて酷い有様になっている。目の周りや頬のファンデーションも崩れているし、これはもう一度、化粧を落とした方がいいだろう。

それにしても、こんな顔の私に真顔で「可愛い」なんて言う春信さんは、やっぱり目が腐っていると思う。……嬉しかった、けど。

そう心の中で憎まれ口を叩きながら、バッグに入れていた化粧落としシートで顔を拭《ぬぐ》い、彼の洗顔フォームを借りて顔を洗う。

さっぱりした顔は、たくさん泣いたせいで目元が少し腫《は》れぼったくなっていた。

「あっ」

さて化粧をと思ったところで、ポーチの中にファンデーションのコンパクトが入っていないことに気付く。

しまった。家で化粧をした時に、ポーチに入れ忘れてしまったのだ。

しかもよくよく見れば、アイライナーとマスカラも入れ忘れている。

「あー……」

自分のうっかりに頭を抱えるも、現実は変わらない。

仕方なくミニボトルに入れている化粧水と乳液だけをつけ、私はすっぴんの顔を手で隠すようにして洗面所を出た。

化粧の前後で劇的に顔が変わるわけではないけれど、普段、お化粧した顔でしか春信さんと会っていないから、すっぴんを見られることにちょっと抵抗があるのだ。

ひとまず口元から目の下までを隠して俯《うつむ》きがちにしていれば大丈夫、かな。

終電の時間も近いし、明日も仕事だし、今日はもうこの辺で帰らせてもらおう。

そう思ってリビングに戻ると、春信さんは背広を脱ぎ、ネクタイを解《ほど》いてシャツの襟《えり》元《もと》をくつろげた恰好でソファにゆったりと座っていた。

「おかえり」

そして私に甘く微笑みかけると、おいでとばかり、また自分の隣をぽんぽんと叩く。

私は少しの逡巡《しゅんじゅん》のあと、そこにちょこんと腰かけた。

「あの、春信さん。私……」

そろそろお暇《いとま》しますと言いかけた私の顔を、春信さんはまじまじと見つめてくる。

ちょっ、そんなに見ないで！　今すっぴんだから！

「歩美、化粧してないのか？」

「そ……ですっ。あんま見ないで」

「なんで？　すっぴんも可愛い」

春信さんは顔を隠していた私の手を取り払うと、その大きな掌《てのひら》で頬を撫《な》でた。

「ふあっ」

「もっちりしてて触り心地が良い。前から思ってたけど、綺麗な肌だな」

「……っ」

そ、それはたぶん、化粧水と乳液をつけたばかりだからです！

「目が少し赤くなっているのも、兎《うさぎ》みたいで可愛い」

そして彼は私の目元にちゅっと触れるばかりの口付けを落とす。

「は、春信さっ」

その口付けは一度だけでなく、私の額《ひたい》や頬、唇に何度も落とされた。

（あう……）

アリスへの態度から窺《うかが》える通り、春信さんはとても構いたがりだ。

どうやらそれは、恋人に対しても発揮されるらしい。

「んっ、ふぁっ」

思いがけない甘い攻勢に、私はたじたじになる。

「あ、あのっ、私、そろそろお暇《いとま》しようと……」

彼の顔が離れた瞬間を狙って私が口を開くと、それまで上機嫌だった春信さんがむっと眉をひそめた。

「どうして?」

「ど、どうしてって。終電の時間も近いですし、明日も仕事ですし」

そう答えれば、彼は「泊まっていけばいいじゃないか」と言う。

「明日が仕事なのはわかっているが、今は歩美と離れたくない」

頼む……と囁《ささや》かれ、懇願《こんがん》するようなキスを唇にされる。

「んっ」

じっと私を見つめる春信さんの眼差《まなざ》しは、まるで捨てられまいとするわんこみたいで、
その……キュンと、してしまった。

「え、と」

家族には、もしかしたら友人の家に泊めてもらうかもしれないと伝えてある。

明日の朝早くにここを出て、家に帰ってから出勤すればなんとかなる、かな?

「わ、わかり、ました」

結局、離れがたいのは私も同じなのだ。

私は頷いて、家族に連絡だけさせてほしいと言った。

そしてバッグからスマホを取り出し、母にメールを送る。

『やっぱり友達の家に泊めてもらうことになりました。明日は一度家に帰ってから出勤します。朝食も家で食べます』

「あっ」

送信し終えたところで、スマホを春信さんに奪《うば》われてしまう。

「俺の我儘《わがまま》を聞いてくれてありがとう、歩美」

彼はスマホをテーブルに置くと、そのまま私をソファの上に押し倒した。

やや乱暴に、春信さんの舌が私の口内を蹂躙《じゅうりん》する。

「んっ、んんっ」

なんとなく予想はついていたものの、どうやらただ泊まるだけでは済まないらしい。

何度も角度を変えて唇を貪《むさぼ》りながら、春信さんは性急に、服の上から私の身体を撫《な》で回す。

余裕のないその仕草に、彼がどれだけ飢《う》えていたのかを悟って、ゾクゾクした。

「……っ、ふぁ……」

口の中の柔らかい粘膜《ねんまく》を舌で舐《な》められる度《たび》、甘い痺《しび》れが走る。

彼のキスはやっぱり気持ち良い。

少しの恐れと、期待。そして悦《よろこ》びが、私の芯を熱くしていく。

「はぁ……っ」

ようやく春信さんが顔を離してくれる。

けれど、それはほんのわずかな間だった。

「舌を出して」

言われるがまま、口を開いて舌を出す。

彼はよくできましたとばかりに微笑んで、私の舌に吸いついてきた。

「んんっ、んぁっ……ん、ふっ……」

ねっとりと舌を絡め、吸い上げてくる濃厚なキスに腰が砕けそうになる。

ただ唇を奪《うば》われ、身体を撫《な》でられているだけなのに、下腹の奥がキュウンと疼《うず》いて、下着を濡《ぬ》らしているのがわかった。

こんなはしたない姿を知られたくない。そう思うのに、彼の手がスカートの裾から滑り込んできて、ソコに触れられてしまう。

濡《ぬ》れてる、と、春信さんが微かに笑った。

どこか嬉しそうな彼は、スカートの裾をまくし上げ、ストッキングと下着に包まれた下半身を露《あら》わにする。

「やっ……」

「脱がすぞ」

今回はそのまま吸いついてこないらしい。初めて身体を重ねたあの夜、タイツの上から舐《な》め回されたことを思い出して、かあっと頬が熱くなった。

まずはストッキングに手をかけた春信さんは、焦《じ》らすようにゆっくりと脱がせていく。

は、恥ずかしい。

そして最後まで脱がすと、裸足《はだし》の爪先《つまさき》を恭《うやうや》しく持ち上げて、ちゅっと口付けた。

「は、春信さん⁉」

ストッキングに包まれて蒸《む》れていたであろう足にキスをされて、私は慌てふためく。

だけど彼は気にも留めず、そのまま足の指を口に含んだ。

「ひあっ」

春信さんの舌が私の足の指を舐《な》めた。指と指の間まで丁寧に舌でなぞられて、くすぐったさに身を捩《よじ》る。けれど、そうして愛撫《あいぶ》されているうちに、くすぐったさだけではない感覚が込み上げてきた。

「はあっ」

思わず零《こぼ》した吐息には、艶《つや》っぽい色が混じっている。

それに気付いたのか、春信さんはより執拗《しつよう》に私の足を愛撫《あいぶ》した。

「……っ」

足を舐《な》められて感じるなんて、私、どうかしてる。

嬉々《きき》として恋人の足を舐《な》める春信さんも、やっぱり変態だ。

そう思うのに、抵抗できない。彼の愛撫《あいぶ》に悦《よろこ》んでいる自分がいる。

春信さんは私の右足の指をすっかり舐《な》め終えると、その矛先《ほこさき》を変えた。

見せつけるように舌を出して、足首から太ももまで、ぺろぺろと舐《な》めながら上にあがってくる。

「んっ」

ふくらはぎの辺りをツウッと舐《な》められて、ビクッと身体が震えた。

思わぬ性感帯を見つけ、複雑な気分だ。このまま身体中を舐《な》め回され、自分でも気付いていなかった場所を彼に開発されていくのではないか。そんな恐れと期待が胸に過《よぎ》る。

やがて春信さんの唇が脚の付け根に辿り着き、そこを強く吸われた。

「んんっ」

たぶん、赤い痕《あと》が残るだろう。彼に所有印をつけられた気がして、少し嬉しかった。

それから彼は左脚の付け根にも同様にキスマークをつけ、ようやく私の秘所に触れる。

下着の上からふにふにと指の腹で揉《も》むように押されて、身体がジンッと疼《うず》いた。

濃厚なキスだけで濡《ぬ》れていた秘所は、その後の執拗《しつよう》な愛撫《あいぶ》でさらに蜜を零《こぼ》してしまっている。

そんな蜜を舐《な》め取るみたいに、彼は下着の上からちゅうっと吸いついてきた。

「ふああっ」

春信さんの熱い息を感じる。そして舌でぺろぺろと舐《な》められる度《たび》、脳髄《のうずい》が痺《しび》れそうなほどの快感が走った。

だけど、足りない。もっとちゃんと、触れてほしい。

「やっ……も、脱がせて……」

下着の上からなんて嫌だ。直《じか》に触って、可愛がって。

そう訴える私に、彼はその言葉を待っていたとばかりに微笑んで、下着に手をかける。

「……っ」

ショーツを脱がされた時、愛液がつうっと糸を引くのを見てしまって、恥ずかしさに顔が熱くなった。

どれだけ濡《ぬ》らしちゃったんだろう。

い、いやでもあれは、きっと春信さんの唾液も混じって……いやいやいや！　それはそれでめちゃくちゃ恥ずかしい！

「うう━」

合わせる顔がなくて、つい隠すように顔を両手で覆《おお》う。

すると春信さんはそんな私の手をとって、真っ赤になった頬に「可愛い」と、触れるだけのキスをくれた。

「上も脱がすぞ」

言われて、こくんと頷く。

彼の手を借りて上半身を起こし、ニット、その下に着ていたキャミソール、そしてブラジャーを脱ぎ、ソファの下に落とす。

生まれたままの姿になった私は、再びソファの上に押し倒された。

「んあっ」

春信さんは唇で私の胸を愛撫《あいぶ》しながら、右手で太ももを撫《な》で、それから秘所に触れてくる。

頂《いただき》を吸われ、蜜壷《みつつぼ》に指を沈められて、同時に与えられる刺激に快感が高まっていく。

「やっ、だめっ、イ、イッちゃ……」

私は彼の腕をぎゅっと掴み、その瞬間を迎えた。

「あああああっ」

びくびくっと身体が震えてしまう。

頭の中が真っ白になるような、快楽の極み。

それを超え、余韻《よいん》に痺《しび》れる頭ではあはあと荒い息を吐く私を、春信さんが満足そうに見下ろしていた。その眼差《まなざ》しに、胸が高鳴ってしまう。

そして彼は「ちょっと待ってろ」と囁《ささや》き、私のおでこにキスをして、ソファから離れていく。

ぼうっとその姿を目で追うと、春信さんは隣の寝室に入っていった。

ほどなくして戻ってきた彼は、ボクサータイプのパンツ一枚という恰好で、手に何かの箱を持っている。その正体はすぐにわかった。コンドームだ。

春信さんは下着を脱ぎ、半勃《はんだ》ちになっていた自身をゆるゆると扱《しご》き始める。

私はドキドキしながらも、ソレから目が離せなかった。

（やっぱり、おっきい）

すると視線に気付いたのか、彼が「触ってみるか？」と尋ねてくる。

私はごくっと息を呑み、恐る恐るソレに手を伸ばした。

「わ……っ」

すでに彼の雄はガチガチに硬くなっている。これからこの硬くて大きな楔《くさび》に貫《つらぬ》かれるのかと思うと、下腹の奥がキュウンと疼《うず》いた。

その彼自身に、春信さんは避妊具を被せていく。

それからソファに腰かけ、自分の上に乗るよう私に言った。

私はおずおずと彼に従い、いわゆる対面座位という体位で春信さんと向き合う。

彼はお酒を飲んできたものの酔ってはいないし、私は素面《しらふ》。そんな状態でお互いに裸のまま、こんな淫《みだ》らな体勢で肌を重ね合うのはかなり恥ずかしかったし、抵抗感もあったけど、拒《こば》む気にはなれなかった。

「んっ……」

このままお尻を下ろしたら、春信さんと繋がる。

タイミングは私次第。彼から挿入されるよりずっと恥ずかしくて、緊張してしまう。

私はドキドキしつつ、彼の雄めがけてゆっくりと腰を下ろした。

左手を春信さんの肩に置いてバランスをとり、右手で彼の雄に触れ、蜜壷《みつつぼ》に導く。

「あああ……っ」

ぬぷぬぷと、彼自身が私のナカに入っていく。

顔を真っ赤にしながら春信さんを受け入れる私を、彼はとても嬉しそうに見つめていた。

私ばっかり余裕がないみたいで、ちょっと悔しい。

「ふぅ……っ」

けれど、その視線にさえ快感を覚える私は、もうすっかりおかしくなってしまっているのだろう。

「あっ……」

恥ずかしくて、気持ち良くて。これ以上進むのが怖い。

（も、もうむり）

すると、半分ほどまで繋がったまま動けなくなった私の腰を、春信さんがガシッと掴んだ。

「ふぇっ？　……んあああっ！」

彼によって体勢を崩され、すとんと腰を落とした私は、最奥まで貫《つらぬ》かれる。

「……っ」

ものすごい圧迫感に一瞬息が止まり、軽くイッてしまった。

「ああっ」

「はぁ……っ。歩美のナカ、肉厚でめちゃくちゃ気持ち良い」

春信さんがそう、低い声で唸《うな》るように呟く。

そして彼にしがみついたまま動けない私に代わり、下から突き上げるみたいに腰を動かして、私を攻め始めた。

「あっ、あっ、ああっ……」

春信さんの動きに合わせて、私の身体も揺れる。

じゅぷっ、じゅぷっと、結合部から水音が響くのが恥ずかしかった。

だけど、下から何度も突き上げられ、大きくて硬い彼の雄に蜜壷《みつつぼ》のナカを擦《こす》られるのが気持ち良くて、たまらなくて……

「ああっ……、はるのぶさん……っ、も……っ」

さっき軽くイッたばかりなのに、再び果ての気配が近付いてくる。

「ああ……っ、イけっ」

「んあああっ！」

一際激しく腰を振られ、私は呆気なく絶頂を迎えてしまった。

「はあ、はあ……っ」

彼の膝の上から転がるように下り、私はソファの背にぐったりともたれかかって荒い息を吐く。

私が果てたあと、春信さんは再び激しく腰を振って私を攻め立てると、やがて絶頂を迎え、ゴムの中に白濁を吐いた。

今は、その避妊具を始末している。

彼の姿を見ながら、私は「ソファ汚しちゃったな」と心の中で呟く。

シックな黒い布張りのソファには、二人の汗と体液がついてしまっただろう。

とりあえず拭いて、消臭除菌スプレーでも拭きつけておく？　なんてことを考える余裕が出てくるくらいには、熱も冷めてきたらしい。

（はあぁ）

それにしても、ちょっと疲れた。まだ起き上がるのが億劫《おっくう》だし、身体が重く感じられる。いや、元々軽くはないんだけど。さすがに三回連続でイかされると、倦怠感《けんたいかん》を覚える。

目を瞑《つぶ》って、ここで寝入ってしまうのはいけないよね……と思っていたら、唇に温かいものを感じた。

目を開けば、避妊具の始末を終えたらしい春信さんに唇を奪《うば》われていた。

（あ、キスされてる……）

さらに唇を開かされ、口内に彼の舌とは違う、何か硬い物を入れられる。

（……甘い……、チョコレート……？）

それは春信さんが先刻、私に手ずから食べさせてくれたチョコレートだった。

「んっ」

今度は口移しか～なんて気恥ずかしく思いながら、口の中でとろりと溶けていくチョコレートの甘さをじんわりと味わう。

彼は口移しで食べさせるのがお気に召したようで、続けて二個目、三個目……と食べさせてくれた。

キスのしすぎで少し腫《は》れぼったい私の唇にちゅっと口付けた彼が、「甘いな」と笑う。

「そりゃあ、チョコレートですもん」

と、私も笑った。

それから二人でぎゅっとハグをして、またキスをする。

チョコレート味のキス。甘く蕩《とろ》けそうな口付けに、私達の熱が再び高まっていくのを感じた。

春信さんは元からその気だったらしく、再び勃《た》ち上がっている彼自身には、いつの間にかゴムが着けられていた。

そして彼は私をひょいっと横抱きに抱え、寝室へ向かう。

こんな風に運ばれるのは、これで二度目だ。

あの夜も、最初はリビングでして、そのあと寝室に場所を移した。

久しぶりに落とされた彼のベッドは、やっぱり春信さんの匂いがして、ドキドキする。

彼は部屋の灯りを点《つ》け、リビングに続く扉を閉めてから、私に近付いてきた。

「歩美……」

名前を囁《ささや》かれ、触れるだけのキスが唇に降ってくる。

それを合図に、彼は仰向《あおむ》けになった私の太ももを開かせ、自身を秘所に宛《あ》てがって、ゆっくりと挿入してきた。

「んんっ……」

一度彼を受け入れたソコは、抵抗なく楔《くさび》を受け入れる。

けれど緩《ゆる》くはないのか、春信さんは整った顔を少ししかめ、「はぁ……っ」と苦しげな息を吐く。それがとても色っぽくて、私はドキッとしてしまった。

今夜の私、何度も何度も彼にときめいている気がする。

こうして、ますます春信さんのことが好きになるのだ。

彼への恋心に悩み、鬱々《うつうつ》とした日々を過ごしていた昨日までの自分に教えてあげたい。

その先には、こんなにも幸福な時間が待っているよ、と。

「春信さん……」

「歩美」

もう一度、キス。

ねだるような私の眼差《まなざ》しに、彼が応《こた》えてくれた。

それからゆっくりと、彼が腰を動かし始める。

「……っ、きもち、いい……っ」

「ああ、俺もだ……っ」

春信さんの動きが速くなっていく。

ギシギシとベッドが軋《きし》む音が、その激しさを物語っていた。

「あっ、ああっ……ああっ……んっ」

「……っ、くっ……」

(嬉しい)

彼とするセックスはとても気持ち良くて、とても幸せだった。

甘く優しく、それでいて情欲の籠《こも》った熱い瞳に見つめられていることに、胸がいっぱいになる。

「あぁっ」

春信さんと一つになれた喜びを感じながら、私は快楽の奔流《ほんりゅう》に身を任せた。

「……っ、歩美……」

「はるのぶさ……っ」

そして永遠にも感じられた交わりの末、私達は共に果てたのだった。


「はあ、はあっ……」

私のナカから自身を引き抜いたあと、荒い息を吐く春信さんがどさりと倒れ込んでくる。

長身の彼の身体は重たかったけれど、幸せな重みだと思えた。

それから息が整うまで、ぴったりとくっついて情事の余韻《よいん》に浸《ひた》る。

(春信さん、大好き)

しばらくして、春信さんが「シャワー浴びるか」と言い出した。

「前回はそのまま寝ちゃったけど、綺麗にしてから寝たいだろ?」

そう問われ、私はこくんと頷く。

いっぱい汗をかいたし、シャワーを浴びてさっぱりしてから眠りたい。

だけど起き上がろうとしたら、腰に力が入らなかった。

「うわ……っ」

どうにか上半身を起こしたものの、そこから立ち上がれない。

まるで生まれたての子牛みたいにプルプルする私を見て、春信さんが「ぶはっ」と噴き出した。

し、失礼な！　いったい誰のせいでこうなっていると……！

キッと非難の目を向けると、彼は「すまんすまん」と苦笑して、ひょいっと抱き上げてくれる。

「俺のせいだからな。ちゃんと責任もって、隅々まで綺麗にしてやる」

春信さんは、とてもイイ笑顔でそうのたまった。

（な、なんかちょっと嫌な予感が……）

そんなこんなで二人で一緒にシャワーを浴びることになり、浴室に運ばれる。

ちなみに私の服や下着は、春信さんがリビングから回収して洗濯機に放り込んでくれた。洗濯機の他に乾燥機もあるので、明日の朝にはまた着ていけるだろうとのこと。それまでは彼の服を借りることに。

冗談めかして「一緒に裸のまま寝るか？」なんて言われたけど、風邪を引きそうだし、何より恥ずかしいので断った。

（わ……）

初めて足を踏み入れた浴室は、バスタブも洗い場も広くて綺麗だった。

そこで春信さんはバスチェアに私を座らせ、ボディソープをスポンジで泡立て、身体を洗ってくれる。

眼鏡を外した春信さんを見るのは、これで二度目だ。

ただ眼鏡がなくても近くのものは見えるらしく、お前を洗うのに支障はないと彼は言う。

セックスした仲とはいえ、こんな明るい浴室で、裸の身体を隅々まで洗われるのはちょっと、いやかなり気恥ずかしい。

羞恥心《しゅうちしん》に頬を染め、自分でやるとスポンジを奪《うば》おうとしては失敗し、せめて身体を隠そうとしては失敗する私に、春信さんは終始ご機嫌な様子だった。

さらには髪も、彼の手で洗われてしまう。

そして私を洗う傍《かたわ》ら、さっさと自分の身体や髪も洗った彼と一緒にシャワーを浴びて、泡を流した。

「はふ～」

ものすごく恥ずかしかったけれど、さっぱりした。

今は、身体や髪を洗っている間に彼がお湯を溜めてくれていたバスタブに二人で浸《つ》かっている。

やっぱりお風呂はいいなあ。温かくて気持ち良くて、眠気を誘う。

あとは明日に備えて寝るだけだと思ったところで、私ははっと気付いた。

向かい合わせになってお湯に浸《つ》かっている春信さんの自身が、その、臨戦態勢になっているのだ。

それに気付いたあと、恐る恐る彼の顔を窺《うかが》えば、春信さんは熱っぽい眼差《まなざ》しで私を見ていて……

「歩美」

「……っ」

甘く囁《ささや》かれた声に、ゾクッと震えが走る。

「悪いがもう少し、付き合ってくれ」

どうやら嫌な予感が当たったらしい。

「身体洗ったのに!?」

驚きの声を上げれば、「ここならすぐに洗い流せるだろう」と言われた。

こ、ここでするつもりなの!?

しかも口ぶりからして、春信さんはどうも最初からそのつもりだったみたい。

絶句する私を置いて、彼はお湯から上がると、いったん浴室から出ていく。

そして戻った時には、ちゃっかりゴムを装着していた。

それからまたバスタブに入ってくる。今度は向かい合わせじゃなく、私を後ろから抱っこするような体勢で。

「む、むり〜っ」

そりゃあ春信さんはまだ二回しかイッてないのかもしれないけど、私はもう四回もイッているのだ。

おまけに一人じゃ立てないくらい腰が砕けている。

「あと一回だけ、な？」

だけど彼は私のお腹に手を回して逃げられないようにすると、耳元で囁《ささや》いて懇願《こんがん》してくる。

「ッ……」

「お願いだ」

ちょっとだけ苦しそうな、少し掠《かす》れた声。

私のお尻の下では、彼の硬い雄が主張している。

もし私が拒《こば》んだら、彼はこの熱を持て余し、一人でその……するのだろうか。

なんだか急に申し訳ない気持ちになって、私は「あと一回だけなら」と承諾してしまう。

「ありがとう、歩美」

「い、一回だけですからね！」

「ああ、善処する」

善処って！　と思った瞬間、春信さんは私の腰を掴んで浮かせ、自身めがけて一気に落とす。

「んあああっ」

「……っ、歩美、またイッたか？　挿入されただけでイクなんて、感度良すぎで可愛いなあ」

「だ、だって、春信さんがいきなり貫《つらぬ》くからぁ……」

「悪かった。最後はゆっくりじっくりしてやるから」

（ゆっくりじっくり⁉）

空恐ろしいことを囁《ささや》いて、春信さんは私の首筋にかぷりと噛《か》みついてくる。

「んんっ」

そして宣言通り、彼はねちねちじっとりと時間をかけて私を揺さぶった。

「あっ、ああっ」

彼が身動《みじろ》ぐ度《たび》、お湯がぱちゅぱちゅと揺れる。その水音と、私の口から零《こぼ》れるあられもない声が反響して、恥ずかしくてたまらない。

「やあっ」

「はぁっ……。歩美……っ、気付いてるか？」

「ふぇ？」

「自分でも腰、動かしてる」

「ッ！」

無意識だった痴態《ちたい》を言葉にされて、カアアッと頬が熱くなった。

「い、いじわる……っ」

「ははっ」

嬉しそうに笑って、私の耳に「可愛い」と囁《ささや》きかける春信さん。

そうしてたっぷり愛され、ようやく浴室から解放された私は精《せい》も根《こん》も尽き果て、人形のようにされるがまま、彼にお世話されたのだった。

ただ身体を清めるのみでは終わらなかった濃厚な入浴タイムのあと。私は春信さんのシャツを羽織《はお》っただけの恰好で、彼のベッドに潜《もぐ》り込んでいる。

乾燥がまだ終わらないので、下着はなし。ちょっと落ち着かないけれど、仕方がない。

ちなみに着替えさせてくれたのも、髪を乾かしてくれたのも、ベッドに運んでくれたのも春信さんだ。さすがに歯磨きは自分でやったが、腕に力が入らず、時間がかかってしまった。

（あ、そうだ。目覚まし……）

リビングから持ってきてもらったスマホをのろのろと操作して、アラームを設定する。

起床時間は普段よりうんと早い。明日の出勤を思うと憂鬱《ゆううつ》だけれど、やむをえない。

「歩美」

スマホを枕の下に置いたところで、隣に寝転がっている春信さんに呼ばれた。

彼の方を向けば、まだ灯りを落としていないので、眼鏡を外した春信さんの顔がよく見える。

「付き合ってくれてありがとう。最高に気持ち良かった」

そう言って、私の頭を撫《な》でる彼。

「……私も」

ただ、まさかお風呂でもう一回挑まれるとは思いませんでしたと文句を口にしたところ、春信さんは「悪かった」と、あんまり悪いと思ってないような顔で返してくる。

（うう―、春信さんめ）

だけど嫌いになんてなれない。どころかこの一晩で、彼への愛《いと》おしさはさらに増してしまった。

春信さんは何度も私の頭を撫《な》で、時折頬や額《ひたい》に口付けては、「可愛い」と囁《ささや》いてくれる。

さすがにここからもう一戦、ということにはならないだろうと、私は安心して彼に身を寄せた。

普段の鬼上司っぷりとは全然違う、激甘な彼の態度に照れつつも、いつの間にか私はそれをすっかり受け入れてしまっている。

彼に可愛がられていると、まるで自分も小さくて頼りない動物になったような気になる。

だけど私は前ほど、それが嫌じゃなかった。

だって彼は私をちゃんと一人前の社会人として認めてくれていると知っているから。

こうして可愛がってくれるのは、それが彼の愛情表現なのだとわかっているから。

だから私はこれからも、こうして彼に愛されていたいと思う。

いっぱい、可愛がってほしいと思うのだ。

(大好きです、春信さん)

そうして事後の余韻《よいん》に浸《ひた》りながら、いちゃいちゃすることしばらく。

私はふっと思い出して、彼に尋ねた。

「そういえば春信さん、前に休憩室でばったり会った時、何か言いかけてませんでした?」

「何か?」

「ほら、『この仕事が一段落したら、また二人で飲もう。それで……』って。それでのあとがずっと気になってたんですよね」

「……？」

春信さんは考え込むような素振りをする。それを見て、けっこう日が経っているし、もう覚えていないのかなと思う。

けれど彼は「あっ」と声を上げ、「思い出した」と言った。

「あれは、その、また家に泊まりに来てくれと言おうとしたんだ。俺もいい加減、お前と過ごす時間がとれなくて限界だったから」

呟く声がどこか気まずそうなのは、おそらくその話をしようとした時、彼が私とすっかり恋人同士になったものと勘違いしていたことに思い至ったせいだろう。

私はくすっと笑って、「確かに限界だったっぽいですね」と言った。

だって今夜の春信さん、野獣みたいだったもの。

ああでも、初めてセックスした夜の方がすごかったから、今日はちゃんと加減してくれたのかな。

「私も、春信さんと一緒にいられなくて寂しかった」

「歩美……」

「これからはもっと、一緒にいる時間を作りましょうね」

もちろん、職場では一部の人に知られていてもこれまで通り公私をわけて、上司と部下で！　とも、春信さんに告げる。私達が付き合っていることは周りには内緒にしたい、とも。

だって下手に会社中に知られて、からかわれたり詮索《せんさく》されたり、女性社員に嫉妬《しっと》されたりするのは嫌だもの。

春信さんも、部下に手を出した……なんて目で見られたら、仕事がやりにくくなるかもしれない。それはもっと嫌だ。

「これからは秘密のペット仲間じゃなくて、秘密の恋人同士、ですね」

そう軽口と共に笑いかければ、彼もにっと笑って、「ああ、よろしく頼む」と言ってくれた。

そして私達はもう一度キスをして、お互いの温《ぬく》もりを感じながら、心地良い眠りに落ちたのだった。

九

春信さんと恋人同士になって、はや一ヶ月。

青山先輩はあの一件のあと、第一営業部に異動になった。なんでも第一の白山部長が「根性を叩き直す」と言って、日々ビシバシと扱《しご》いているらしい。

自分のところの仕事に春信さんを駆り出した結果ああなったことを、白山部長も気にしていて、それで厄介者《やっかいもの》を引き受けてくれたのだろうと、春信さんが苦笑まじりに話してくれた。

部署が変わったとはいえ二つの営業部は同じフロアにあるので、青山先輩とばったり顔を合わせることはある。

お互いにまだ気まずさは抜けないものの、青山先輩には異動前、「本当に申し訳なかった」としっかり謝罪してもらったので、私はもうあまり気にしないようにしている。

それに白山部長に扱《しご》かれているおかげか、最近見かける青山先輩からはかつての軽薄《けいはく》で傲慢《ごうまん》な態度は見受けられない。良い方に変わっていってくれているのだと思う。

滝川さんとも和解というか、また元のように仕事ができるようになったし、ストレスは激減した。さらに、春信さんとの交際も順調だ。

会社ではこれまで通り上司と部下の関係に徹《てっ》していて、春信さんは恋人相手でも容赦なく雷を落とすし、厳しい。

だけど、それは会社のため、そして私のためにそうしてくれているんだとわかっているから、決して嫌ではない。ただ、もっと頑張ろう！　って奮起《ふんき》するだけ。

それに、春信さんは厳しくするものの、ちゃんとできた時には褒《ほ》めてくれるし、ご褒《ほう》美《び》と称してお菓子や飲み物をこっそり奢《おご》ってくれたりもする。

って、これじゃ付き合う前とあんまり変わらないか。

でも、褒《ほ》める時や人目を忍んでこっそりお菓子をくれる時、彼の態度には以前は感じられなかった甘さがたっぷり滲《にじ》んでいて、照れてしまう。

そしていざ二人きりになったら、春信さんは思いっきり私を可愛がってくれる。最初はそのギャップにいちいち驚いていたけれど、今じゃもうすっかり馴染《なじ》んでいた。

恋人同士の時間を過ごすため、このごろは週末になると毎週のように春信さんの部屋にお邪魔している。大体金曜日の仕事上がりに二人で食事に行って、そのまま日曜の夜までお泊まりするパターンが多いかな。おかげで春信さんの部屋にはだいぶ私の私物が増えた。

彼が休日出勤になってしまい、一人お留守番になることもあるけど、アリスがいてくれるから寂しくない。

そうそう、暖かくなってきて冬眠期を過ぎたアリスはすっかり気性も穏やかになり、身体に触らせてくれるようになったんだ。おまけにこの間は私の手に乗っておやつを食べてくれた！

めちゃくちゃ可愛くて悶《もだ》えていたら、その顔を春信さんに撮《と》られてしまったっけ。アリスだけ写してくれたらいいのに、彼は「どっちも可愛いから」なんて言う。ものすごく照れくさかった。

そんな風に公私ともに充実した日々を送っていた私は、四月半《なか》ばのある日曜日、緊張した面持ちで春信さんの運転する車の助手席にいた。

彼は休日にもかかわらずばっちりスーツ姿で決めていて、とても恰好良い。

けれどその表情は私と同じく、少しばかり強張っていた。

「取引先に行くより緊張するな」

「私もです」

固い声で呟いた春信さんに、私も頷いた。

実は、これから私の家族に『ご挨拶《あいさつ》』へ行くところなのです。

事の発端は先週のこと。いつもと同様に休日を春信さんの部屋で過ごしていた私は、前々から考えていた一人暮らしのことを彼に相談した。

できれば愛犬の太郎さんも連れていきたいので、ペット可の物件がいい。でも家賃のことを考えると、通勤の便のいいところはちょっと厳しい。

そう悩む私に、春信さんは「それならこの部屋で一緒に暮らさないか」と言ってくれたんだ。もちろん、太郎さんも一緒にと。

普段仕事で忙しい春信さんは、休日に限らず、もっと私と過ごす時間を持ちたいのだとか。だから一緒に暮らさないかって。さらに……

『今すぐにとは言わないが、俺はいずれ歩美と結婚したいと思っている』

『ふぇっ⁉』

『そんなに驚くようなことか？　まあでも、付き合ってまだ日も浅いし、もっと恋人期間を楽しみたいとも考えている。ただ、その先のこともちょっとは意識してくれると嬉しい』

そのための慣れの期間だと思ったらいいと、彼は言っていた。

結婚のこと、これまでまったく意識しなかったわけじゃないけど、改めて言葉にされると急に現実感が増して、びっくりした。

でも、決して嫌ではなく、むしろすごく……嬉しくて。

私も春信さんといずれは結婚したい！　と感じたし、その準備期間としての同棲はありだなと思う。

そこで今日、挨拶《あいさつ》がてら同棲の許しを得るため、こうして春信さんをうちの家族に紹介することになった。

ちなみに家族には、恋人ができたこと、その相手が職場の上司であることはすでに話している。ただ会わせたことはないので、これが初対面だ。あ、でもお兄ちゃんは一度面識があるか。

約束の時刻は午前十一時。挨拶《あいさつ》のあと、家で一緒に昼食を食べる予定になっている。

そしてついに自宅の前に到着し、車を動物病院の駐車場に停めてもらう。

バック駐車のため、後ろを振り返りながらハンドルを片手でくるくると回す春信さんはとっても恰好良い。私は改めて、こんな素敵な人が自分の恋人で、しかもこれから家族に挨拶《あいさつ》してくれるなんて、世の中何が起こるかわからないものだなとしみじみ思った。

車から降りてバタンと扉を閉めると、家の方から「ワンワン！」と犬の鳴き声が聞こえる。

「太郎さんか？」

「はい」

春信さんは犬も好きらしく、「会うのが楽しみだ」と笑った。

太郎さんは人懐こいし、きっと春信さんのことも熱烈歓迎してくれるだろう。そして太郎さんの存在が、少しでも彼の緊張を解《ほぐ》してくれるといいな。

そう思いながら、春信さんを連れて家族用の外玄関から階段を上《のぼ》り、二階へ。

「た、ただいまー」

扉を開けるなり、太郎さんが「ワンッ」と飛び出してくる。

「わっ」

太郎さんは私の周りをぐるぐる回ったあと、隣の春信さんを見上げて「クウン？」と首を傾げた。「この人は誰だい？」と問われている気がして、私は太郎さんに「私のこ、恋人の、春信さんだよ」と紹介する。いまだに春信さんを「恋人」と呼ぶのはちょっと気恥ずかしく、恐れ多く感じてしまう。

「はじめまして、太郎さん。黒崎春信です」

春信さんはわんこ相手にも丁寧に名乗り、太郎さんの頭をよしよしと撫《な》でてくれた。

「クーン」

撫《な》でられたのが気持ち良かったのだろう。甘えるような声を上げ、つぶらな瞳で見つめてくる太郎さんに、春信さんは口元を押さえて悶《もだ》えた。

「……っ、可愛いなあ……」

「でしょ！」

うちの自慢の愛犬ですから！

太郎さんと春信さんが早々に仲良くなってくれてよかった。これなら一緒に暮らしていけるだろう。

そんな風に思っていたら、リビングから兄が出てきて、「おいおい、いつまで玄関にいるんだ～？」と苦笑して言った。

「早く上がってもらえよ。あ、はじめまして。俺は歩美の兄で、健也といいます。よろしく……って、あれ？　もしかして、前に一度うちに来てくださった、リスのオーナーさん？」

春信さんに名乗ったあと、兄が思い出したように尋ねる。

「はい、その節はお世話になりました。歩美さんとお付き合いさせていただいている、黒崎春信です。よろしくお願いします」

彼は営業仕込みの丁寧なお辞儀をして、兄に挨拶《あいさつ》してくれた。

「それにしても、よく覚えてたね、お兄ちゃん」

もう半年以上前、それも一度来たきりなのにと、私は驚く。

「だってお前の上司だって言うし、めっちゃ恰好良い人だったから印象に残っててさ。そっか、付き合い始めた上司ってこの人だったのか～」

お前よくこんなイケメンゲットできたな、一服盛ったのか？　なんてからかってくる兄のお腹に一発入れて、私は「行きましょう、春信さん」と彼をリビングに案内する。

まったくもう！　お兄ちゃんめ！

「いらっしゃい」

「ようこそ」

リビングに入ると、満面の笑みを浮かべた両親が私達を出迎えてくれた。

春信さんはここでもきっちりお辞儀して名乗ったあと、持参した手土産《みやげ》を渡し、勧められたソファに私と並んで座る。

その向かいには両親。後から入ってきた兄は全員分のお茶を淹《い》れ、母から託された手土産《みやげ》のケーキと一緒にテーブルに運ぶと、一人掛けのソファに座る。

そして同じく兄と一緒に後から入ってきた太郎さんは、父の足元にちょこんと座った。

それを合図に、父と母が口火を切る。

「いやあ、驚きました。まさか歩美の彼氏がこんなにイケメンとは」

「歩美の上司さんなんですってね。この子、会社でちゃんとやっているかしら？」

さらに二人口を揃えて、「本当にうちの子でいいの？」なんて言う。

いや確かに、春信さんは私なんかにはもったいない人ですけど！

「もう、お父さんもお母さんも私に失礼だよ」

私が口を尖らせると、両親は悪いと思っていない顔で「ごめんごめん」と謝った。

それからは両親や兄の質問に答える形で、春信さんのことや私達の馴《な》れ初《そ》めなんかを色々と話した。

距離を縮めるきっかけになったのがアリスを連れてうちに飛び込んできたことだと話すと、診察を担当した兄が「それじゃあ俺がキューピッドみたいなもんか」と調子に乗る。

いや、どちらかというとキューピッドはアリスだから。お兄ちゃんじゃないから。

「あら、リスを飼ってらっしゃるのね」

と母。父も興味を持った様子で「いいねえ」と笑ったので、私は「とっても可愛いんだよ」と、自分のスマホにあるアリスの写真を見せる。

「まあ可愛いこと」

「そうだねえ。それに毛艶《けづや》も良くて健康そうだ」

獣医師である二人にそう言われ、春信さんは嬉しそうにほっと息を吐いた。

「そういえば、あれからアリスちゃんは大丈夫でしたか？」

そう尋ねたのは兄だ。春信さんは頷いて、「おかげさまで、すぐに元気になりました」と答える。

そうしてひとしきり和《なご》やかムードで談笑したあと、ケーキを食べ終えた父がずばり切り出してきた。

「ところで、今日は何か大切なお話があると娘から聞いていましたが？」

実は家族には、今日春信さんが挨拶《あいさつ》に来てくれることと、『大切な話』があることしか告げていない。事前に話の内容を言っておこうか迷ったけれど、どうせなら二人揃っている時に話したいと思って、言わなかったのだ。

水を向けられた春信さんは表情を引き締め、口を開いた。

「はい。歩美さんとは、いずれ結婚したいと考えております。つきましては、結婚前に彼女と一緒に暮らすことを、お許しいただきたく」

春信さんが頭を下げるのに合わせて、私も両親に「お願いします」と頭を下げる。

「それってつまり、結婚前に同棲したいってこと？」

母の言葉に、今度は私が「はい、そうです」と頷いた。

続けて、近々この家を出て一人暮らしするつもりだったこと。そんな時、春信さんに自分の部屋で暮らさないかと提案されたこと。春信さんが多忙で、二人の時間を少しでも多く持つため、そしていずれ結婚する日のために、二人で暮らしたいことなどを話した。

「…………」

ドキドキしながら、両親の答えを待つ。

反対される、かな。交際は良くても、結婚前に同棲なんてけしからん！　と思われる、かも？

やっぱり事前に話して、両親がどう反応するか確かめておくべきだった？

今になって、ああしておけばこうしておけばよかったと、後悔が募《つの》る。

「なーんだ！　てっきり『お嬢さんをください』って言われるかと思ったわよー！」

「へ？」

しかし両親が見せた反応は、予想外に明るい。

ぽかんと口を開く私を前に、母はけらけらと笑い、父は「そうそう。形式にのっとって、『お前に娘はやらーん！』って、一発殴らないとだめなのかなあって真剣に悩んだよ。僕、暴力とか苦手だから」と、安堵したように言った。

いやいやお父さん、そんな形式とかないから！　別に一発殴るの義務じゃないから！

「まあ、付き合ってまだ一ヶ月ちょっとだっけ？　そりゃあ結婚は早すぎるわよね。で、結婚に向けた同棲？　いいじゃない。一緒に暮らしてみないとわからないことって多いし」

「お母さん……」

「そうそう。春信くん、イケメンだしお仕事もよくできるみたいだし、人柄も良さそうだしねえ。反対する理由なんてないよ。いやあ、その歳で部長さんだなんてすごいねえ。むしろ本当にうちの子でいいの？　大丈夫？」

「お父さん！」

だからそれ、私に失礼だから！

確かにお父さんがそう思うのも無理ないけど。そこは嘘でも「歩美は自慢の娘です」くらい言ってほしかったよ！

「ありがとうございます」

両親の予想外な反応に驚いていた春信さんが、遅れて頭を下げる。

私も渋々、「許してくれてありがとう」と頭を下げた。

ちなみに同席していた兄も「俺も賛成」と言い、太郎さんも「ワンッ」と鳴いてくれた。

あっと、そうだ。大事な話がもう一つあったんだ。

「それでね。春信さんの部屋はペット可だから、太郎さんも連れていこうと思うんだ」

そう切り出すと、それまでにこにこしていた両親と兄の顔から笑みが消えた。

「は？」

「何言ってんの歩美」

「それは無理だなあ」

ちなみに今のはそれぞれ兄、母、父の返答である。

「「そんなの許すわけないだろう（でしょう）！」」

おまけに今度は口を揃えての猛反対。

「だ、だって太郎さんは私がもらってきた犬だもん。そもそも、娘は喜んで手放すくせに太郎さんは駄目って、それどうなの⁉」

娘より犬が大事か！ と私が声を荒らげると、兄も負けじと声を上げて「それじゃあお前、俺が結婚するから太郎さんも連れていくって言い出したらどう思うよ！」と反論してきた。

「うっ、それは……」

猛反対、します。兄はよそにやってもいいけど太郎さんは駄目！　そもそも、太郎さんはお兄ちゃんの犬じゃないけど！

ちなみに当の太郎さんは、そんな家族のやりとりを首を傾げて眺めていた。

「それにね、歩美。あんたも春信くんも、仕事で日中家を空《あ》けることが多いでしょう？　アリスちゃんがいるとはいえ、太郎さんきっと寂しいと思うわ。その点うちなら、日中もすぐ下に私達がいるし、動物看護師さん達にも構ってもらえる。太郎さんのことを思ったらうちに残すほうが良いって、あんたにもわかるでしょう？」

今度は母が正論で諭《さと》してくる。

「うう……」

確かに、母の言う通りかもしれない。

大好きな太郎さんと離れたくはない。

でもそんな私の我儘《わがまま》で太郎さんに辛い思いをさせるのは、よくない。……寂しい、けど。

「うううう……。諦め、ます」

断腸の思いで口にすると、両親と兄は小さくガッツポーズをした。おい！

（春信さんと暮らせるのは嬉しいものの、太郎さんとはお別れ。寂しい、寂しすぎる）

「歩美。ちょくちょく遊びに来させてもらおう。太郎さんに会いに」

しょげかえる私に、春信さんは優しく声をかけてくる。

そして慰《なぐさ》めるように、励ますように、私の肩をぽんぽんと撫《な》でてくれた。

「俺も太郎さんに会いたいからさ」

「春信さぁん……」

家族の前じゃなかったら、その胸に飛び込んで思いっきりハグしたいくらいだよ。

私の恋人は、なんて素敵な人なんだろう。

すると、そんな私達を見ていた母が、とんでもないことを言い出した。

「そうだ。いっそ春信くんとアリスちゃんがうちに住んだらいいんじゃない？」

「はあ⁉　何言ってんのお母さん！」

「だって～。そうしたら太郎さんと一緒にいられるし、アリスちゃんのお世話だって、うちならばっちりよ？　ねえあなた」

「そうだねえ。もし怪我をしたり病気になったりした時もすぐ診《み》てあげられるよ～」

ちょっ、お父さんまで！

あっ、しかも春信さん、「それはいいかも」みたいな顔で頷いてる！

「春信さん⁉」

「あ、ああ、いや。その方がアリスも寂しくないかも、と思って」

それに太郎さんとも一緒に暮らせるし、って。春信さん、この短時間で太郎さんに惚れ込みすぎ！　いや確かに太郎さんは可愛いけど！　天使だけど！

「ははは。なんか父さんも母さんも、孫を預かろうとするジジババみたいだな」

「笑い事じゃないよ、お兄ちゃん！　それにお兄ちゃんが結婚したら、お嫁さんとこの家で暮らすんでしょう？　私達がいたら邪魔じゃん！」

そもそも兄が結婚した時に小姑《こじゅうと》がいつまでも居座っていては困るだろうと、この家を出ることを考えたのに。これじゃ本末転倒だ！

しかし兄はきょとんとした顔で、思いがけないことを言った。

「え？　俺は結婚したらこの家出るけど？」

「はっ？　だ、だってお兄ちゃん、うちの病院を継ぐんじゃ……」

「いや継ぐけど。ここって彼女の職場から遠いし、新婚生活は二人で送りたいしな〜。だから別に部屋借りて、そこから通う予定」

それは両親も聞いていたらしく、むしろ「あれ？　なんで歩美知らないの？」と問い返されてしまった。いやいや、初耳ですから！　聞いてませんからそんな話！

「とにかくそんなわけで、うちはいつでも大歓迎よ！」

「いやあ、娘婿《むすめむこ》と一緒に暮らせるなんて、楽しみだねえ」

「よかったなあ」

「ちょっ、だからまだ結婚は先の話！　それにこの家で暮らすなんて言ってない！言ってないからー!!」

「ワンッ！」

勝手に盛り上がる両親と兄、つられてご機嫌に鳴く太郎さんに私は反論する。

「太郎さんのことは、仕方ないし……諦める。でも私達は春信さんの部屋で暮らすよ」

そう断言すると、ブーブーと家族からブーイングが起こる。挙句《あげく》の果てに父は、「春信くんとアリスちゃんだけでもうちで暮らさない？」なんて言い出した。

もう、どれだけ春信さんのこと気に入ったのよ！　娘はどうでもいいのか！　と、私はまた声を荒らげた。

そんな私達家族のやりとりに、最初面食らった様子だった春信さんは「ぶはっ」と噴き出し、「楽しくていい家族だな」と口にする。

そして私の手をぎゅっと握り、微笑んで――

「俺達もいつか、こんな明るい家庭を築こうな」

って、言ってくれ、た。

「～っ」

カアアッと頬が熱くなってしまう。

う、嬉しいけど、でも、あの、家族の前！　みんな見てますから！　見られてますから！

「あらあら」

「仲良しだねえ」

「いい人捕まえたな、歩美」

「ワンッ」

家族のブーイングが、からかいを含んだ生温かい眼差《まなざ》しに変わる。

それに居心地の悪さを感じながらも、私は彼と同じ夢を——いつか春信さんと温かくて楽しい家庭を築く未来を、胸に描いた。

会社では、一部を除き付き合っていることを内緒にしている私達。

でもさすがに結婚となったら、明かさないわけにはいかないだろう。

秘密の関係が公《おおやけ》になる日は、そう遠くないのかもしれない。

二人の初めてモフモフ旅行

春信さんが「ゴールデンウィークに旅行に行かないか」と言い出したのは、同棲をスタートさせてすぐのことだった。

この時すでに四月下旬。大型連休は間近に迫《せま》っている。

「でも、今からじゃ宿の予約が取れないのでは？」

と私は首を傾げた。

だって連休中はどこも早くから宿の予約が埋《う》まるよね？

「親戚が那須《なす》に別荘を持っているんだ。連絡したら、貸してくれるって」

「那須！　那須って、あの栃木の？」

「ああ。歩美、この間テレビで見て『行ってみたい』って言ってたろう？」

そういえば先日、春信さんと一緒にテレビを見ていた時、ちょうどゴールデンウィークの旅行特集で那須高原が紹介されていて、「行ってみたいなあ」と呟いたっけ。

まさか、こんなに早く希望が叶うなんて。

「行きたいです！」

「なら決まりだな。日程は五月三日から五日までの二泊三日でどうだ？　せっかくだし、向こうで歩美の誕生日を祝おう」

「春信さん……」

実は私、五月四日が誕生日なのです。そこで誕生日を祝ってもらえるなんて、嬉しすぎる！

春信さんと初めての旅行。

「ありがとうございます！　春信さん！」

私はぎゅうっと、春信さんに抱きついた。

それからちょっぴり照れくさく思いつつ、告白する。

「私、恋人と旅行に行くのって初めてで」

「そうなのか？」

春信さんは意外そうな顔をした。

以前付き合っていた人とは、そういう機会を持てないまま別れてしまったんだよね。

「はい」

頷くと、春信さんは嬉しそうに微笑んで、「歩美の初めての相手になれて嬉しい」なんて言う。

「も、もう！　変な意味に聞こえます！」

「ははは。すまん、すまん」

春信さんは笑って、「楽しみだな、歩美」と私を抱き締め返してくれた。

かくして旅行に行くことになった私達は、迅速《じんそく》に準備を進めた。

まずアリスの預け先。アリスは旅行中、私の実家で預かってもらうことになった。

前々からアリスを預かりたいと言っていたうちの両親と兄は大喜び。

唯一懸念《けねん》していたのはアリスが私の実家で落ち着けるか、飼い犬の太郎さんを怖がらないか、ということだったんだけど、幸いにもそれは杞憂《きゆう》に終わった。

ぶっつけ本番で預けるのはと、一度試しに実家に連れていったところ、アリスは落ち着いた様子で、両親が用意したお泊まり用のケージにも太郎さんにも、早々に慣れたのだ。

本来リスにとって犬や猫などの肉食獣は天敵なんだけど、アリスはは興味津々《きょうみしんしん》とケージを窺《うかが》う太郎さんに怯《おび》えた様子を見せず、マイペースに餌《えさ》を咀嚼《そしゃく》していた。

この分なら大丈夫かな？　もしアリスに何かあっても、獣医が三人もいれば安心だし。

それから二人で旅行雑誌を買ってきて、どこへ行こうかとか、このお店には絶対行きたいとか、あれこれ話しながら計画を立てた。

そんな時間も楽しくて、旅行への期待がいっそう高まったよ。

そしてあっという間に日は過ぎ、いよいよ旅行当日となった。

私達は旅行鞄とアリスを入れた移動用ケージを手に車に乗り、まず私の実家に寄る。

そこでアリスを預けたら、目的地までドライブだ。

仙台支社時代に買ったという春信さんの愛車はとても乗り心地が良くて、長距離の移動もあまり苦にならない。むしろ、運転する春信さんの恰好良い姿をたくさん見られて嬉しかった。

あ、でも春信さんは大変だよね。この時期は渋滞《じゅうたい》も多いし、長時間の運転は疲れるだろう。

私は少しでも春信さんのお役に立てるよう、ペットボトルの蓋を開けたり、途中で買ったお菓子を口に運んだりした。むしろこれくらいしかすることなくてごめんなさい、だ。

別荘に着いたら、改めて春信さんに「運転してくれてありがとうございました」って言わなくちゃ。そう心に決めつつ、春信さんの口に「もう一口」とリクエストされたお菓子を持っていく。

「はい、お口開けてください」

「ん」

ふへへ。なんだかラブラブカップルみたいで照れる。

ついで、自分もお菓子をぱくり。

（おいしー）

食べ慣れたお菓子も、ドライブ中に食べるといつもとはまた違った味わいですなぁ。

そうそう、途中でサービスエリアやパーキングエリアに立ち寄り、ご当地グルメを堪《たん》能《のう》するのも忘れない。これも今回の旅行で楽しみにしていたことの一つだからね。

だって、サービスエリアやパーキングエリアってなかなか行く機会がないし。ちゃんと事前に情報をチェックして、どこで何を食べるかも決めてきたんだよ。

そんなわけで昼食は移動中の買い食いで済ませ、宿泊先である別荘に着いたのは午後一時過ぎだった。

マンションを出たのが朝の八時だったから、五時間くらいかかっちゃった。渋滞《じゅうたい》していたし、寄り道も多かったからね。

「わあ、可愛い！」

車を降り、改めて目の前の別荘を見た私は感嘆の声を上げた。

那須高原の緑豊かな別荘地にあるこの建物は、二階建てのログハウス。床が高く作られていて、木製の階段の先に広々としたウッドデッキと玄関扉がある。

旅行鞄を手にドキドキしながら階段を上《のぼ》れば、玄関扉の上部に小さなステンドグラスが嵌《は》め込まれていることに気付いた。そんなところも可愛い！

春信さんが親戚から預かった鍵で扉を開ける。

「おお～」

玄関から入ってすぐは広々としたリビングになっていた。木製の床や壁は温かみがあって、室内はとても明るい。リビングの奥にはダイニングキッチンがあり、六人掛けの長テーブルと揃いの椅子が六脚置かれている。

リビングには三人掛けのソファが二つと、一人掛けのソファが一つ。その中央にローテーブルがあって、暖炉《だんろ》まであった。今の季節では使う必要もないけれど、暖炉《だんろ》があるというだけで心がときめいてしまう。

「探検してみるか？」

きょろきょろと辺りを見渡す私に苦笑して、春信さんが言う。

素敵なログハウスに興奮していたのを見透《みす》かされたようで、ちょっと気恥ずかしい。

でもお言葉に甘えて、他も色々見させてもらおうと思います。

まずは荷物を運びがてら、二階の寝室へ。

リビングにある階段を上《のぼ》ると、ロフト部分に出る。ロフトからは吹き抜けになったリビングが見渡せた。

ロフトも広くて、ここに布団を広げて寝ることもできそうだ。

そして二階の西側に寝室がある。扉を開けると、ダブルベッドが一つとサイドテーブルが一つ置かれていた。

マットレスは剥《む》き出しのまま、枕や布団もない。どうやら寝具は部屋の右手にあるクローゼットにしまわれているらしい。

私達はベッドの上に旅行鞄を置き、荷解《にほど》きは後回しにして一階へ戻る。

その時さりげなく、春信さんが手を繋いできた。他に誰もいないとはいえ、手を繋いで屋内を探索だなんてちょっと照れくさい。……でも嬉しい、かな。

別荘の中でまだ見ていないのは、一階の水回り。

ダイニングキッチンの北側にトイレと洗面脱衣所に通じる扉がそれぞれ並んでいた。

「お風呂大きい！」

浴室の扉を開くと、柔らかな曲線を描く白いバスタブが目に飛び込んでくる。

けっこう大きくて、大人二人が余裕で入れそうなサイズだ。

「一緒に入ろうな」

「それ、絶対言うと思いました」

春信さんって、二人でお風呂に入るのが好きみたい。

マンションの部屋でもよく一緒に入ってそのまま……って、ダメダメ。こんな昼間っからただれた情事を思い出してはいけない。

「気に入ってくれたか？」

「はい！　こんな素敵なところに泊まれるなんて、すっごく嬉しいです」

一通り別荘の中を見て回った私達は、リビングのソファで休むことにした。

……っと、そうだった。

「春信さん、運転お疲れさまでした。連れてきてくれて、本当にありがとうございます」

着いたら言おうと思っていた労《ねぎら》いと感謝の言葉を口にすると、春信さんは目を細めて「歩美が喜んでくれたなら嬉しい」と微笑む。

「春信さん……」

「でも、どうせなら態度で示してほしいな」

「た、態度？」

「ご褒美《ほうび》のキス、してくれ」

「っ！」

(も、もう！　春信さんたら！)

突然キスをねだられて、私はカアッと頬を熱くした。

何度も身体を重ねておいて今更かもしれないけど、自分からキスをするなんてやっぱりちょっと恥ずかしい。

でも春信さんは、期待するような眼差《まなざ》しを私に向けている。う、ううう……

(わ、わかりましたよ！)

私は観念して、彼の唇にちゅっと触れるだけのキスをした。

「……し、しました、よ」

唇を離してそう呟くと、春信さんはくすっと笑って、「唇にしてもらえるとは思わなかった」と言った。

「なっ」

「てっきり頬あたりかと。嬉しいよ、歩美」

今度は春信さんが、私の頬、そして唇にキスをする。

(う〜！)

オフモードの彼は、仕事中の鬼っぷりが嘘のように甘々だ。激甘だ。

しかも旅先だからか、よけい拍車がかかっている気がする。

それが気恥ずかしくて、くすぐったくてたまらない。

だけど決して嫌なわけじゃなくて、むしろ嬉しくて。

「春信さん……」

私は結局、自分からもまたキスをしたのだった。

休憩と称してしばしいちゃいちゃしたあと、私達は再び車に乗り、温泉地に向かった。

別荘の浴室にも温泉を引いているそうなのだけど、せっかくだし広々とした温泉にも浸《つ》かってみたいと、日帰り入浴に行くことにしたのだ。

事前に当たりをつけていた旅館へ行き、観光客で賑《にぎ》わうロビーで日帰り入浴の受け付けを済ませる。屋内の大きなお風呂はもちろん、初夏の緑や絶景を楽しみながら入る露天風呂は、最高に気持ち良かった！

（はふ～）

心なしか、お肌もスベスベピカピカになっている気がする。

大満足でお風呂から上がったあと、待ち合わせ場所にしたロビーの一角にあるライブラリースペースに行く。すると、揺り椅子に座った春信さんが本を読みつつ私を待っていた。

（おお……）

どことなくリラックスした表情でページに視線を落とす彼の姿がとても恰好良くて、私はつい見惚《みと》れてしまう。あんな素敵な人が私の恋人だなんてと、これまで何度思ったかわからない。

全部私の夢、もしくは妄想でした～！　なんてオチがついても納得してしまいそうだと考えていたら、ふいに顔を上げた春信さんが私の姿を見つめ、ふわりと表情を緩めた。

（ひゃ～！）

彼の甘い眼差《まなざ》しに見つめられ、胸がキュウンと締めつけられる。

その感覚に、やはりこれは夢や妄想なんかではない現実なのだと、思い知らされた気がした。

「お、お待たせしました」

私は慌てて彼の傍に駆け寄る。

「いや、そんなに待ってない。気持ち良かったか？」

「はい、とっても！　あの、春信さんは？」

「俺も。広い風呂はやっぱりいいな。帰ってからも、たまに銭湯に行くのもいいなと思った」

「いいですね」

マンションのお風呂も狭くはないのだけど、やはり温泉や銭湯みたいに大きな湯船はまた格別だ。

そう頷いていたら、春信さんがくすっと意地悪く笑って、私にだけ聞こえるように耳元へ囁《ささや》く。

「でも、それじゃ歩美と一緒に入れないから、あくまで『たまに』だな」

「〜っ！」

ま、またそういうことを！

春信さんの言葉に、私の頬が湯上がり直後みたいに熱くなってしまう。

そんな私を尻目に、春信さんは読んでいた本を元の場所に片付けて、「それじゃあ次行くか」と私の手を取った。

温泉の次はお買い物。再び車に乗り込み、旅行雑誌を見て行きたいと思っていた店を回る。

地元で採れた野菜や、チーズにハム、ソーセージ。それから人気のパン屋さんを回って、明日の朝食用のパンを買う。

（ふわあああ）

パン屋さんの店内に足を踏み入れると、そこにはパンの良い香りが満ちていた。焼き立てパンの香りは、幸せの香り！

（これは絶対美味《おい》しいお店だ！）

外観もそうだったけど、店内も可愛らしい雰囲気でまとまっていて、心がときめく。さらに主役のパンも、つい手に取ってしまいたくなるほどセンス良く陳列されていた。

山型の食パンに、色々な種類のベーグル。バゲット、カンパーニュ、クロワッサン。ああ、あんパンも捨てがたい！　カヌレも大好き！

あれもこれも美味《おい》しそうで迷ってしまう！

「う〜！」

こういう時、どうして私の胃袋は一つしかないんだろうと思うよ。パン、大好き！

「好きなだけ買っていいぞ」

パンに目移りしていたら、春信さんがそう言ってくれた。

(す、好きなだけ……？)

「せっかくの機会だしな」

(春信さん、大好き！)

そ、それじゃあお言葉に甘えてと、私は気になったパンを片っ端から買ってしまった。

だ、だってどれも美味《おい》しそうなんだもん！

それに日持ちするパンもあるから、大丈夫だよ！

そんなこんなで魅惑《みわく》のパン屋さんで思う存分買い物をしたあとは、これまた旅行雑誌を見て行きたいと思っていたカフェでお茶をする。

那須高原には素敵なカフェがいっぱいで、どこのお店に行こうかと考える時間も楽しかったなあ。

悩んだ挙句《あげく》選んだのが、林の中に佇《たたず》むお洒落なカフェ。お店の雰囲気も素敵だったし、名物だというパンケーキがとっても美味《おい》しそうで！

光溢れる林の景色を堪能《たんのう》できる席に案内され、ホットコーヒーを二つとパンケーキを一つ頼む。

北欧風の可愛らしいカップに注がれたコーヒーは、仕事柄コーヒーにうるさい春信さん《・》も唸《うな》らせる味だった。うん、これは美味《おい》しい！

そしてパンケーキは、白い丸皿に三段重ねになっていて、半円状になったバターがちょこんと載っている。メープルシロップはお好みでかけるようになっているので、私は惜しみなくたっぷりとかけた。

華やかなデコレーションが施《ほどこ》されているわけでもない、シンプルでスタンダードなパンケーキ。

だけど、だからこそ心惹《ひ》かれたのかもしれない。

記念に残したいとスマホのカメラに収めたあと、さっそく切り分ける。

店員さんが取り皿を二つ用意してくれたので、春信さんと半分こ。

「うわあ、美味《おい》しいぃ」

ふわっと柔らかいパンケーキに、溶けたバターとメープルシロップをたっぷり絡めて口にしたら、至福の味がいっぱいに広がった。

「ああ、美味《うま》いな」

「ね！」

美味《おい》しいパンケーキを食べながら、微笑み合う。

そんな時間も幸せで、私はしみじみ、春信さんと旅行に来てよかったと思った。

カフェでまったりと過ごしたあと、春信さんが気に入ったブレンドコーヒーの豆がカウンターで売られていたので、会計の時にそれも購入し、別荘への帰路につく。

買った野菜やハムなどを冷蔵庫にしまったら、リビングでのんびりと明日の予定を話したりして過ごした。

ウッドデッキに面した掃《は》き出し窓を開けると、高原の涼《すず》しい風が入ってきて、とても気持ちが良い。東京ではなかなか味わえない、濃い緑の空気を胸いっぱいに吸い込んだよ。

そして旅行初日の夜は、事前に予約していた地元で評判のレストランへ。連休中なので予約はとれないかと思ったけれど、運良く席が空《あ》いていたらしい。

別荘地から少し離れた場所にあるそのお店は、南欧風の外観がなんとも可愛らしいレストランだった。

料理はあらかじめコースを申し込んでいたので、飲み物を注文してほどなく、前菜が運ばれてくる。

「美味《おい》しい～！」

「ああ、野菜の味が濃いな」

野菜ソムリエの資格も持っているというシェフ自慢の創作コース料理は、地元の有機野菜がふんだんに使われていて、見た目も華やかで味も一級。

野菜も地元のブランド牛を使ったハンバーグも美味《お い》しい！

(私、今日一日でいっぱい美味《お い》しい物を堪能《たんのう》しちゃった)

おかげでいつも以上に食べまくっています。うう、だってせっかくの旅行だもの。

次はいつ食べられるかわからないと思ったら、つい。

(帰ったら、ダイエットに励もう。だから今は、存分に楽しむ！)

そう心に誓った私は、デザートもしっかりいただいて帰りました。レアチーズケーキとレモンシャーベットのプレート、とっても美味《お い》しかった！

夕食のあとははち切れそうなお腹を抱え、車に乗り込む。

春信さんはまっすぐ別荘に帰らず、ドライブを楽しもうと車を走らせた。

しばし車に揺られ、辿り着いた先は高原の展望台。

(あ、ここって)

恋人の聖地として有名なスポットだと、旅行雑誌に載っていたっけ。

(もしかして春信さん、それでここへ？)

それとも、たまたまドライブの目的地としてちょうどよかったから、だろうか。

どちらにせよ、春信さんとここに来られて嬉しい。

「この時間は、やっぱりちょっと冷えるな」

車から降りた春信さんは、そう言って私の手をぎゅっと握ってくれた。

彼の言う通り、高原の夜は肌寒い。だけどその分、春信さんの手の温もりが心地良かった。

二人手を繋いで展望台へ行くと、町の夜景が一望できる。

「綺麗……」

今日は天気が良かったからか、空気が澄んでいて、夜なのに遠くまで見渡せる。

空に瞬《またた》く星も、地上に輝く灯りも、みんな綺麗で心が震えた。

ちらりと隣を見れば、春信さんは無言で夜景を見つめている。どうやら彼も、この光景に感じ入っているらしい。

同じ物を見て、同じ感動を覚える。

それが嬉しくて、私はなんだかちょっぴり泣きそうになってしまった。

(春信さん、大好き)

彼への愛がどんどん溢れてくる。

もしかしたら、愛情には際限なんてないのかもしれないなあ……なんて思いつつ、旅行一日目の夜はゆっくりと更《ふ》けていった。

春信さんとの那須旅行二日目は、爽《さわ》やかな朝陽と共に幕を開けた。

昨夜は移動の疲れもあってか、展望台から別荘に帰って二人でお風呂に入ったあと、すぐに寝入ってしまった。

でもたっぷり寝たおかげで、今日は朝から元気である。

身支度を済ませた私は、まだぐっすりと眠っている春信さんを寝室に残してキッチンに立ち、昨日買っておいた食材やパンで朝食を用意する。

この地で今が旬だというルッコラ、レッドリーフ、フリルレタスはサラダに。ドレッシングは使いきりサイズの物を一緒に買っておいたので、それを使う。

ハムとソーセージを焼いて、山型の食パンもスライスしてトーストに。

自宅用にと買ったバターとジャムも、さっそく使っちゃおう。

別荘には一通りの食器や調理器具の他にコーヒーミルとドリッパーもあったので、昨日カフェで買った豆でコーヒーを淹《い》れた。

「おはよう」

朝食の用意が整ったころ、匂いに誘われたかのようにタイミング良く春信さんが下りてくる。

そしてこちらに近付くなり私の身体を抱き寄せて、「誕生日おめでとう」と言ってくれた。

「おはようございます、春信さん。それから、ありがとうございます」

挨拶《あいさつ》を返し、私も彼の身体をぎゅっと抱き締め返した。

「ちょうど起こしに行こうかと思ってたんですよ」

「それは惜しいことしたな。もう少し寝てればよかった。そうしたら、歩美が優しく起こしてくれたんだろう？」

「もう！　優しく起こすとは限りませんよ。叩き起こしてたかも」

照れくさくてつい憎まれ口を叩いてしまったけれど、春信さんは「歩美になら叩き起こされても本望だ」なんて言う。

彼の甘々モードは今日も絶好調だ。

「嘘です、そんなことしませんよ！　さ、食べましょ」

二人でダイニングテーブルについて「いただきます」と手を合わせる。

狐色に焼いたトーストは外側がサクサク、中はもちっとしていてとっても美味《おい》しかった。

一枚をさらに半分に切ってお皿に載せていたので、一つはバターだけ。もう一つはジャムをたっぷり塗って交互に食べる。至福！

厚切りにしたハムも美味《おい》しいし、ソーセージはプリッとした食感がたまらない。サラダもシャキシャキだ。

「歩美の料理はいつも美味《うま》いな」

「そんな。今朝のはほとんど手を加えていませんし、食材が良いんですよ」

褒《ほ》めてもらえるのは嬉しいけれど、切ったり焼いたりしただけの朝食を自分の手柄にするのは気が引ける。

それでも春信さんは、「歩美の手が加わっているからより美味《うま》いんだ」と言ってくれた。

「あ」

料理も残りわずかとなったころ、エプロンのポケットに入れていたスマホが振動する。

メールかな？　と起動したら、兄からメールが届いていた。なんだろう？　お土産《みやげ》のリクエストとかだろうか。

（件名は『ハッピーバースデー』。お祝いメールか。ん、写真が添付《てんぷ》されて……）

「うわっ！　や、やばい！」

兄からのメールを開いた私は大声を上げてしまった。

春信さんが「どうしたんだ？」と私に視線を向ける。

「見てください春信さん！　これ、やばいです！」

私は彼にメール画面、正確にはメールに添付されていた画像を見せる。

「こ、これは……！」

それを見て、春信さんも驚きに目を見開いた。

「やばいな！」

「やばいですよね！」

二人してやばいやばいと連呼したその写真には、太郎さんとアリスのツーショットが写っていた。

しかも、太郎さんの頭の上にアリスが乗っかっているという、なんとも可愛らしい構図で。

「ここまで慣れるなんて。アリスって本当に懐っこい子ですね。可愛い」

「太郎さんの穏やかで優しい気性が伝わったんだろう。さすが太郎さんだな」

私達は笑い合って、お互いのペットを褒《ほ》め称える。

（朝からこんな可愛い写真が見られて、なんだかとっても幸先《さいさき》がいいなあ）

メールには、『誕生日プレゼントは帰ったら改めて』と書いてあったけど、この写真だけでも十分素敵なプレゼントだよ。


朝食を済ませたら二人で一緒にお皿洗いなど後片付けをして、出かける準備をする。

今日の目的地はテーマパーク型の動物園！　私も春信さんもモフモフな動物が大好きだから、ここへ行くのをとても楽しみにしていたんだ。

人気の観光地なのでやはり混んでいたけれど、なんとか駐車場に空《あ》きを見つけ、中に入る。

動物園なんて何年ぶりだろう！　楽しみすぎて、小さな子どもみたいにワクワクソワソワしてしまう。

迷子にならないため、なんてとってつけたような言い訳をして自分から春信さんと手を繋ぎ、入り口に近い方から順番に園内を見て回った。

「春信さん見て！　カピバラ！　カピバラがいる！」

前方にたくさんのカピバラの姿を見つけ、私は思わずはしゃいだ声を上げてしまった。だってめちゃくちゃ可愛いんだもの！　あのちょっと間の抜けた顔、たまらん！

「ほんとだ。可愛いな」

「ね！」

しかもここではカピバラを間近に見られるだけでなく、直《じか》に触ったり、餌《えさ》をやったりできるらしい。

私達もさっそく飼育員さんに声をかけ、触らせてもらうことに。

「おお……」

初めて触ったカピバラは、思っていたようなモフモフの感触ではなく、ちょっと毛が硬くてゴワゴワしていた。

でも撫《な》でられるのが好きみたいで、ごろんと横になり、恍惚《こうこつ》とした表情を浮かべるのがめちゃくちゃ可愛い！

（春信さん！）

この感動を共有したくて、カピバラをなでなでしつつ隣の春信さんに視線を移すと、彼もうっとりとした表情でカピバラを見つめながら、一心不乱に撫《な》でていた。

（あれ？）

春信さんの方が私よりテクニシャンなのか、私が撫《な》でているカピバラよりも彼が撫《な》でているカピバラの方が、心なしか気持ち良さそうな顔をしているように見える。

（カピバラもメロメロにするなんて、すごいな、春信さん）

「ふふふ。めちゃくちゃ可愛いですね！」

「ああ。たまらんな」

私達はにこにこ顔でカピバラを撫《な》で続けた。もう、可愛いすぎるよカピバラ！　家に連れて帰りたいくらいだ。無理だけど。

飼育員さんにカピバラと一緒の写真を撮《と》ってもらって、餌《えさ》やり体験もして、水中を気持ち良さそうに泳ぐ姿なんかも眺めて。

存分にカピバラの愛らしさを堪能《たんのう》した私達は、次の獲物《えもの》を求めて園内を歩き回った。

レッサーパンダにカワウソ、ペンギンにビーバーと、他にも可愛い動物がいっぱい！

うさぎと触れ合えるコーナーもあって、もちろんここでも可愛いうさぎを存分にモフりましたとも！　写真もいっぱい撮《と》りましたとも！

（うさぎも可愛いなあ）

「……うん？」

うさぎとの触れ合いコーナーを離れ、次のコーナーへ行く道すがら。

先ほど春信さんに撮《と》ってもらった写真を確認していた私は、やけに私の顔のアップが多いことに気付く。肝心のうさぎは、私と一緒に写っているものばかりだ。

「春信さん、なんで私の顔ばっかり撮《と》ってほしいのはうさぎなのに！　私とのツーショットは一枚か二枚あればそれでよろしい。むしろうさぎのアップ写真がもっとほしかったよ。

口を尖らす私に、春信さんは悪びれずこう言った。

「だってお前の方が可愛かったから」

「なっ」

「うさぎを可愛がってる歩美、めちゃくちゃ可愛くて撮《と》っておきたくなったんだ」

そう言って、春信さんはスマホの画面に表示された私のアップ写真を覗き込み、「ほら、可愛いだろ？」と囁《ささや》く。

「う、うさぎの方が可愛いですっ！　やっぱり春信さん、目がおかしいですよ！」

可愛いと言ってもらえたのは嬉しいけれど、それよりも照れくささが勝って、つい憎まれ口を叩いてしまった。

だけど、私のそんなところも可愛いと言ってはばからない春信さんは愉快そうに笑うだけで、「次は犬との触れ合いコーナーに行こう」と私の手を引いて歩き出したのだった。

犬との触れ合いコーナーには様々な犬種のわんこがいた。

人懐こい子が多くて、快《こころよ》くモフモフの身体を触らせてくれる。

ここでも春信さんはやたらと私の写真を撮《と》りたがったので、私も負けじとわんこにメロメロな春信さんの顔を撮《と》ってやった。ふふん。

彼のこんな顔、職場の人達が見たらきっとびっくりするだろうなあ。

相変わらず『鬼の黒崎』と恐れられているからね。

（ええと、次は……）

カピバラ、うさぎ、犬と続いて、今度は屋内にある猫と触れ合えるコーナーへ。ここには猫の他にも小型犬がいた。

うーん、こんなにたくさんの動物と触れ合えるなんてすごい！

思わず「ここは夢の国か」と呟いたら、それを聞いた春信さんが「俺もそう思う」と言って、二人して笑ってしまった。

そして様々な動物と触れ合っているうちにあっという間に時間は過ぎて、お昼になった。

昼食は園内のレストランへ。

ここで人気の、動物をイメージした特製ランチを食べるのを楽しみにしていたんだ！

「可愛い～！」

テーブルに届いたランチプレートを見て、私は大興奮。

写真を撮《と》ったあと、冷めないうちにいただきます。

動物の形をしたご飯を崩したり、パンに齧《かじ》りつくのはちょっと抵抗があったけれど、美味《おい》しく完食させていただきました。

「可愛かったし、美味《おい》しかったですね」

「だな」

お腹を満たしたら、再び園内を回る。

奥の広い区画には、鷹《たか》や鷲《わし》などの猛禽類《もうきんるい》が見られるコーナーや、羊が放牧されているコーナー、乗馬体験ができるコーナー、カンガルーが見られるコーナーなどがある。あ、あっちではラクダに乗れるみたい！　すごい！

そしてこの区画には、園内で一、二を争う人気者、アルパカと触れ合えるコーナーもあった。

「春信さん！　アルパカ！　モフモフ！」

おっといけない。興奮のあまり単語だけで話してしまった。

でもそれくらい、生のアルパカを見られた感動が大きかったのです。

「私、アルパカを直《じか》に見るのって初めて！　本当にモフモフなんですねえ！」

「ああ。なんだか憎めない顔をしているな」

春信さんはアルパカの顔をまじまじと眺めつつ、そうコメントする。

憎めない顔、か。言い得て妙だな。

アルパカってこう、めちゃくちゃ可愛い！　ってのともまた違う、癒《いや》し系の顔をしているのだ。

ふふ。つぶらな瞳も素敵。ずっと見つめていたくなる。

「こっちおいで～」

販売機で買ったおやつを使ってアルパカを呼び寄せ、柵《さく》越しにそのモフモフとした毛並みを触らせてもらう。

「おおおおお！」

こ、このモフモフ、すごいボリュームだ！　ふおおお、指が沈むよおお！

そして柔らかくてフワフワ！　た、たまりません！

「アルパカ、すごいな」

同じようにアルパカの毛並みを触っていた春信さんが感嘆の声を上げる。

(ですよね！　アルパカ、すごいです！)

アルパカに癒《いや》され、人生で初めてラクダの背に乗り、牧草を食《は》む羊達のモフモフっぷりにまた癒《いや》される。

とにかく見所が満載で、あっという間に夕方になってしまったよ。

いやあ、濃い一日だった。

園内を一通り見て回った私達は、最後に入り口近くにあるショップへ立ち寄る。

ここでお土産《みやげ》を買うのだ。といっても、自分用にあれこれ買ってしまいそうだけど。

だって！　ぬいぐるみとかめっちゃ可愛くて！

「うわあ、やばい。カピバラのぬいぐるみ可愛すぎる！」

サイズ展開の豊富なカピバラのぬいぐるみは、どれもフワフワ柔らかくてつい触ってしまう。

中でも一番大きなぬいぐるみは、抱き締めるとちょうどいいフィット感。

でもなあ、さすがに大きいし。お値段もけっこうするし……と棚に戻したら、春信さんがひょいと取り上げて「買ってやる」と一言。

「で、でも」

「いいから。誕生日なんだし、遠慮するな」

春信さんはそう言って、私の頭をぽんぽんと撫《な》でる。

「そ、それじゃあお言葉に甘えて。ありがとうございます、春信さん！」

本当は欲しかったから、嬉しい。

ぬいぐるみの他にも、目についたグッズやお菓子を手に取りながら、二人で店内を見て回る。その間、ずっと巨大カピバラのぬいぐるみを抱えている春信さんは人目を集めていた。まあ、彼のようなクール系のイケメンがおっきなぬいぐるみを持ってたら、そりゃ目立つよね。

私はそのギャップがおかしいやら可愛いやらで、ニヤニヤしてしまいそうになるのを堪《こら》えつつ商品を選ぶ。

そしてぬいぐるみとお土産《みやげ》を買い、私達は動物園を後にした。

車のルームミラー越しに、後部座席に乗せたカピバラのぬいぐるみと目が合う。

それが面白くてくすくす笑っていたら、赤信号で車を止めた春信さんに「どうしたんだ？」と聞かれた。なのでルームミラーを指差すと、彼もそれに気付いてくすくすと笑い出す。

「楽しかったな」

「はい、とっても！　動物園っていいですね。また行きたいです」

「東京にもあるしな。また今度、一緒に行こう」

「はい！」

そんな話をしながら車を走らせ、向かったのは別荘……ではなく、地元のスーパー。

今夜はね、私の誕生日だから、春信さんが手料理をごちそうしてくれるんだって。

楽しみだなあと期待しつつ、二人で買い物をする。

春信さんは事前にメニューを決めていたようで、彼がメモした食材のリストを手に店内を回った。

普段は春信さんの仕事が忙しく、私が仕事帰りに買ってくることが多いから、こうして一緒にスーパーでお買い物するなんて新鮮な感じだ。

なんだか新婚さんみたいで、ちょっぴりこそばゆい。

そしてスーパーで買い物をしたあとは、事前にリサーチしていたケーキ屋さんに寄り、バースデーケーキを買う。

といっても二人だけだから、ホールケーキじゃなくてカットケーキを二つ選んだ。

買い物を済ませたら、別荘に帰宅。食材を冷蔵庫にいったんしまって、コーヒーを淹《い》れて一休み。お茶菓子代わりに、昨日買ったあんパンを二人で分けて食べる。ブラックコーヒーとあんパンの組み合わせ、私はけっこう好きだ。

「それじゃ、料理ができるまでここで待っているように」

「はーい」

コーヒーブレイクのあと、春信さんが夕飯作りのためキッチンに立つ。

私はリビングのソファに座り、できあがりを待つように言われた……んだけど。

「うわっ、殻《から》入った！」

「…………」

「適量ってなんだ適量って。……っと、中火？　これくらいか？」

（大丈夫かな）

キッチンの春信さんは、何やら苦戦しているご様子。

一人で暮らしていたころ、彼がほとんど自炊していなかったのは仕事が忙しいとか片付けが面倒とか、そういう理由かと思っていたけれど、それだけじゃないのかも。

春信さん、明らかに料理が苦手なようだ。一緒に暮らし始めてからも料理は私が担当していたので、気付かなかった。

でも、ならどうして私に手料理を振る舞おうと思ったんだろう？

「痛《いた》っ」

しばらくハラハラしながら見守っていたんだけど、春信さんが包丁で指先を切ったところで「こりゃだめだ」と思った私は、キッチンに向かった。

「やっぱり私も手伝いますよ、春信さん」

「いや、しかし……」

「これ以上は見てられません」

私はきっぱり言い切って、彼から包丁を取り上げた。

「まずは切った指を水で洗ってください。絆創膏《ばんそうこう》持ってきますから」

「……すまない」

心なしかしょんぼりした様子の春信さんは頷いて、切った指先を水道の水で洗った。

私は包丁を置くと、リビングに置いた鞄から常備している絆創膏《ばんそうこう》を一枚取ってきて、洗って拭いた指先に貼る。これでよし、と。

「春信さん、もしかしなくてもお料理苦手、ですよね？　なのにどうして急にやる気になったんですか？」

「いや、レシピを見ればできると思ったんだ。いつも歩美に作ってもらっているから、こういう時くらいは……と。こんなことなら、外食の方がよかったかもな。今からでもどこかレストランに行くか？」

「いえいえいえ！　せっかく食材を買ったんだし、このまま一緒に作りましょうよ。ふふ、春信さんと一緒に料理するなんて初めてですね」

「歩美……」

「それに、春信さんが私の誕生日に手料理をごちそうしようとしてくれた気持ちが何より嬉しいです。ありがとうございます、春信さん」

そう言って、私はエプロンをつけた彼の腰にぎゅっと抱きついた。

わざわざエプロンまで用意して、私のために慣れない料理を頑張ろうとした春信さん、可愛すぎるでしょ。

「二人で美味《おい》しい料理、作りましょうね」

「ああ」

彼は嬉しそうに微笑んで、私をぎゅっと抱き締め返してくれた。

そんなこんなで初めて春信さんと一緒に作った料理が、ずらりとダイニングテーブルの上に並んでいる。ちょっと作りすぎた気もするけど、まあ残りは明日の朝に食べればいいいか。

誕生日ディナーのメニューは、新じゃがを使ったポテトグラタン。海老《えび》とアボカドのカクテルサラダ。鶏肉のステーキ。春キャベツとベーコンのコンソメスープ。

それから昨日買ったソーセージの残りを茹《ゆ》でて、マスタードを添えて出した。

同じく昨日買ったバゲットは、スライスしてガーリックトーストに。

さらにもう一品。春信さん作のちょっぴり焦《こ》げたダシ巻き卵もある。

洋風の料理が揃う中、なんでダシ巻き卵？　と思ったけれど、どうやら私の大好物だから作ろうと思ってくれたらしい。これだけは最初から最後まで、春信さんが一人で作った。

「改めて、誕生日おめでとう」

「ありがとうございます」

赤ワインの入ったグラスを合わせて、二人で乾杯。

やっぱり最初は、春信さんが作ってくれたダシ巻き卵からいただきましょうかね。

「いただきます！」

フォークで一切れ刺して、お口にぱくり！

（ん～）

ダシ巻き卵はしょっぱくて、お世辞にも上手にできているとは言えなかったけれど。

「どうだ？」

不安そうに感想を聞いてくる春信さんににっこりと笑いかけ、私は「最高に美味《おい》しい！」と答えた。

だってこのダシ巻き卵には、春信さんの気持ちがたっぷり詰まっているもの。

「ありがとうございます、春信さん」

「いや、喜んでもらえて俺も嬉しい」

春信さんは不安そうな顔から一転、ホッとしたように微笑んだ。

もう、本当に可愛いんだから。

「春信さんと一緒に料理できて楽しかった。これからも時々でいいから、一緒に料理しましょうね」

「ああ。色々教えてくれ」

「おまかせください」

それからは動物園の思い出を語り合いつつ、お酒と料理を楽しむ。

ちょっと潰れてしまっているサラダのアボカドとか、大きさもまばらなスープのキャベツを見る度《たび》、料理に不慣れな春信さんが一生懸命作っていた姿を思い出して、心が温かくなる。

そんな楽しいディナーでお腹がほどよく満たされたら、今度はケーキだ。

春信さんが食後のコーヒーを淹《い》れてくれたので、ケーキと一緒にいただく。

私が選んだのは苺の載ったチョコレートケーキ。春信さんが選んだのはオレンジムースタルト。

そっちも美味《おい》しそうだなあって呟いたら、春信さんが「半分こするか」って言ってくれた。

「やったぁ！」

私はさっそく半分ほど食べたチョコレートケーキを春信さんに差し出す。

すると彼はその上に載った苺をフォークで刺し、「忘れ物だぞ」と言って私の口に放り込む。

「んっ」

「美味《うま》いか？」

「おいひぃれす」

彼が食べさせてくれた苺は、やけに甘く感じられた。

それから春信さんが半分こしてくれたオレンジムースタルトもコーヒーもとっても美《お》味《い》しくて、私は大満足でぽっこりしたお腹をさする。

「はあ、幸せ」

しかも今夜は春信さんが食器洗いと後片付けをしてくれるらしい。

申し訳ないなと思いつつ、彼の厚意に甘えることにした。

リビングのソファに座って、まったりと春信さんの作業が終わるのを待つ。

さっきはキッチンの様子が見える位置に座っていたけれど、今回はお腹いっぱいになってゴロゴロしている姿を見られないよう、キッチンに背を向けたソファに横になっている。

（そういえば、食べてすぐ寝ると牛になるってよくお母さんが言ってたな）

あはは。お行儀が悪いとわかっていても、こうして怠惰《たいだ》に過ごすのは気分が良くてやめられないんだよね～。

「歩美」

食器を洗う水音がやんでほどなく。春信さんがキッチンからこちらにやってきて、

「ちょっと待ってろ」と言うと、そのまま二階に上がっていった。

そして二階から、何かを手に持って戻ってくる。

「ハッピーバースデー、歩美」

「えっ、ええっ!」

も、もしかしてこれ、誕生日プレゼント、ですか?

私は慌てて身を起こし、差し出されたラッピングボックスを見つめる。

「だ、だってカピバラのぬいぐるみ買ってもらったし、ディナーにケーキも」

それなのに、もらっていいいんだろうかと躊躇《ためら》ってしまう。

「あれはあれ、これはこれだ。いいから、ほら。受け取れ」

「は、はい」

私は恐る恐る箱を受け取り、開けてみてもいいか彼に尋ねる。

春信さんはもちろんと頷いて、「気に入ってもらえるといいんだが」と言った。

なんだろう。この箱の感じからするとアクセサリーとかかな? と予想しつつ、ドキドキしながら包装を解《と》く。

すると箱の中に入っていたのは、ピンクゴールドのネックレスだった。

(ふわあああああ! なにこれぇ……!)

ペンダントトップには、チェーンと同じピンクゴールドで作られたオープンハート。

しかもそこにさりげなくピンク色の石がついていて、とても可愛い！

「お前に似合うと思ったんだ」

わ、私にはもったいないくらい素敵なネックレスですよおお！

「う、嬉しいです。ありがとうございます」

喜ぶ私に微笑んで、春信さんは箱からネックレスを取り出すと、私の首に着けた。

「似合い、ますか？」

自分の胸元に光るペンダントトップを見つめつつ尋ねれば、春信さんは「最高に可愛い」と言ってくれた。

「えへへ」

嬉しくて、照れくさくて。どうしても顔が笑ってしまう。

だってこんなに幸せな誕生日、初めてだ。

大好きな人と一緒に旅行に来られて、美味《おい》しい物をいっぱい食べて、可愛い動物達を思う存分モフモフして。大きなぬいぐるみを買ってもらって、手作りのディナーをごちそうしてもらえて。

その上、こんな素敵なプレゼントまで。

「春信さん、大好き」

もうずっとずっと、彼への『好き』が溢れて止まらないよ。

そんな気持ちのままに、私は春信さんに想いを告げた。

「歩美……」

春信さんは一瞬息を呑んだあと、ゆっくりと私に覆《おお》い被さってくる。

「んっ」

最初は触れるだけのキス。そこから徐々に口付けが深まっていく。

「……っ、ふぁ……っ」

あ、これはこのままでは収まらないなと感じ取る。

それくらい、私を見る彼の眼差《まなざ》しが熱っぽかった。

「俺も、愛してる」

キスの合間、吐息混じりに春信さんが囁《ささや》く。

「お前が可愛くてしかたない」

「春信さん……」

彼が私に向ける愛情は、甘くて、濃くて、身も心も痺《しび》れてしまいそう。

春信さんの手が、私の頬を撫《な》でる。コンプレックスだった丸い頬は、彼が何度も何度も「可愛い」と言ってくれるから、前より好きになれた。

それから顎《あご》、首筋と辿り、自分が贈ったネックレスのペンダントトップをつまんで、春信さんが微笑む。

眼鏡のレンズ越しに、彼の瞳と目が合った。

それだけで、胸がドキッと高鳴ってしまう。

「ここで続きをしても？」

すると、ちょっと茶化した口調で春信さんが尋ねてきた。

「……ベッドじゃなきゃイヤ……」

だってここ、人様の別荘のソファですよ？

本当はベッドだって抵抗があるけど、他でするわけにもいかないし。

かといってしないままではいられないのは、私も同じだ。

このまま彼に抱かれたい。いっぱいいっぱい、愛されたい。

それに私は知っている。あのベッドに使っているシーツは、春信さんがうちから持ってきたものだって。彼は最初からここで、私とそういうことをするつもりでいたのだ。

（昨日は二人とも疲れて、何もせずに寝ちゃったけど）

ねだるように春信さんの首に手を回して抱きつくと、彼はそのまま私を抱き上げてくれた。

お姫様だっこで二階の寝室に運ばれる。

ゆっくりと下ろされたのは、ベッドの上。

（ふふっ）

高原の別荘という非日常の空間の中で、ベッドシーツだけ馴染《なじ》みのある物というのがなんだかおかしかった。

(でもなんか、安心するなあ)

慣れた感触、慣れた洗剤の匂い。

春信さんと暮らし始めてまだ少ししか経っていないのに、変なの。

そんなことを考えている間に、春信さんは着々と私の服を脱がしていく。

気が付けば私は、生まれたままの姿にネックレスを着けただけの恰好でベッドの上にいた。

(うむ……)

何度身体を重ねても、春信さんに裸を見せるのは恥ずかしい。

布団を引き寄せて身体を隠す私の前で、春信さんは自分の服を脱いでいく。

やがて裸になった彼がベッドに上がってきた。

「これ、邪魔」

そう言って、春信さんは二人の間にある布団を取り払って床に落としてしまう。

ついでキスをしてくる彼の唇が離れた瞬間、私はあっと気付いて春信さんにおねだりした。

「春信さん、ネックレス取って」

「ん？　着けたままじゃダメか？」

「ダメっていうか、チェーンが壊れたりしたら嫌なの」

その、春信さんってけっこう激しいし。

自分でも外すことはできるけど、せっかくなので彼に甘えてみた。

「わかった。後ろ向いて」

春信さんは頷いて、自分に背中を向けさせると、ネックレスを外してくれた。

それをサイドテーブルに置いて、彼はそのまま私を抱き締め、寂しくなった首に唇を寄せる。

「んっ……」

「明日また、着けてくれるか？」

「もちろん」

本当は、ずっと着けていたいくらい気に入ってるんですよ。

だからこそ、大切にしたいんです。

「歩美」

そして彼の手が私の胸をゆっくりと揉《も》み始める。

「あっ……ん」

春信さんに触ってもらえるのは気持ち良い。

そう感じたところで、カピバラの触れ合いコーナーで彼がテクニシャンだったことを思い出し、ついふはっと笑ってしまった。

「なんだかご機嫌だな?」

「んっ、あっ」

彼の指がかりっと頂《いただき》を引っ掻く。それだけの刺激で、身体がびくっと震えてしまった。

(ううう、気持ち良い)

やわやわと揉《も》まれて、時折頂《いただき》を弄《いじ》られて、快感の波が私を襲う。

春信さんは、やっぱりテクニシャンだ。

「あぁっ……んっ、ふぅ……っ」

今の私は、あの時彼に撫《な》でられていたカピバラと同じ。春信さんに撫《な》でられて、どんどん身体の力が抜け、とろんと恍惚《こうこつ》の表情を浮かべてしまう。

「あ、ああっ」

まだ触れられてもいない秘裂の奥がキュンと疼《うず》いて、蜜が染み出していくのがわかった。

ううう、恥ずかしい。でもそろそろ、こっちも触ってほしい。

そんな欲求が込み上げてきて、私はつい腰を揺らす。

すると背後から春信さんがふっと笑う気配がして、彼の右手がようやく下へとおりていった。

「もうこんなに濡《ぬ》らしてるのか」

「やっ」

春信さんの指が触れた秘裂から、くちゅりといやらしい水音が響く。

「だ、だって、気持ちぃ……から……」

くちゅくちゅと音を立てて蜜壷《みつつぼ》を掻き回されて、頭の中が痺《しび》れそうなほど気持ち良い。

「歩美はいやらしくて、可愛いなあ」

「んんっ」

彼はそう言うけれど、こんな風に触ってくる春信さんは私以上にいやらしいと思う。

私は意趣返しもかねて腰を動かし、自分のお尻で彼の雄を撫《な》でた。

お尻の下で、肉棒が硬く大きくなっていくのを感じる。

「あ……っ」

先走りって、言うんだっけ？　彼の先端から滴《しずく》が零《こぼ》れてきて、私のお尻を濡《ぬ》らし始めた。

「歩美……」

首筋にかかる、春信さんの息がだんだんと荒くなっていく。

それに比例するように、蜜壷《みつつぼ》を弄《いじ》る彼の指が速くなっていった。

「あっ、あああっ」

（だめ。くる。きちゃう……っ）

私はシーツをぎゅっと握り締めて、容赦なく襲い来る快楽の波に耐えた。

けれどそんな抵抗も空《むな》しく、私の意識は果てへと押し上げられる。

「んあああああっ！」

びくびくっと身体を震わせて、私は絶頂を迎えた。

「はあっ……」

そんな私の背後で、春信さんがゴソゴソと動いている気配がする。たぶん、避妊具を着けているのだろう。

ほどなくして、彼が私の腰を掴み、お尻を上げさせた。

どうやら後ろから繋がるつもりらしい。先ほどの愛撫《あいぶ》に引き続き彼の表情は見えないけれど、ちゃんと興奮してくれていることだけはその手付きや吐息から察せられた。

「ん……っ」

まだ狭い道を無理やり押し開くように、硬く太い楔《くさび》が私のナカに入ってくる。

この瞬間の圧迫感には、いまだに慣れない。

「ふあああっ」

でもその苦しささえ、愛《いと》おしい。

だってこれは、私達が一つになれた証《あかし》でもあるから。

「はあ……っ」

最奥まで自身を沈めて、春信さんが艶《つや》めいた吐息を零《こぼ》す。

そして一呼吸置いたあと、ゆっくりと腰を打ちつけ始めた。

「んっ、あっ、ああっ」

一度は鎮《しず》まった快楽の波が、また押し寄せてくる。

こうして後ろから攻められるの、けっこう好き。……なんて口にしたら、春信さんはどんな顔をするだろう。彼のことだからきっと、嬉しそうにニッと笑って「それならいっぱい後ろからしてやる」とか言うんだろうな。

（言いそう……）

そんなことを考える余裕があったのは、序盤だけだった。

「んあっ！」

春信さんが腰をがっしり掴み直したかと思うと、ピストンの激しさが増す。

「はっ、あっ、はぁっ……んっ、あっ、ああっ」

容赦なく腰を打ちつけられて、自分の最奥をガンガン突かれて、私は息も絶《た》え絶《だ》えに喘《あえ》ぐことしかできなかった。

「んっ、ああっ」

どれくらいの間、そうやって揺り動かされていただろう。

永遠にも一瞬にも感じられた時間の末、目の前が真っ白になって、私は二度目の絶頂を迎える。

「あああああっ」

「くっ……」

くたっと力を失くした私の身体にゆっくりと腰を打ちつけていた春信さんもまた、ゴムの中に精を吐き出す。

彼の自身が抜けていく感覚があって、春信さんが私から身を離した。

温《ぬく》もりが去って、寂しさを感じてしまう。

でも避妊具を始末すると、彼はすぐに私を抱き締め直してくれた。

「春信さん……」

「歩美……」

ただ身を寄せ合って、お互いの名前を呼び合うだけで、想いが全部、通じ合う気がする。

春信さんとセックスするのもその、好き……だけど、一番好きなのは、こうして行為の余韻《よいん》に浸《ひた》る時間なのかもしれない。

燃えるような激しさが鎮《しず》まって、それでも愛だけは色濃く心と身体に留まっている、そんな感覚を覚えるのだ。

このまま一緒に眠れたら、幸せ。

そしてこんな夜を、これからもずっと迎えることができたら、どんなに幸せだろう。

（あ……）

だけどまだ、眠りの時間は訪れないみたい。

私を見つめる春信さんの瞳には、熱が残っている。

一回しかしてない、もんね。

「歩美」

ちゅっと、私の鼻の頭にキスされる。

最近知った。これは彼が私におねだりする時の合図だって。

「もう一回、したい」

「はい」

私に否《いな》やはないですよ。

春信さんが満足できるまで、いっぱいいっぱい、私を愛してください。

それは、私の喜びでもあるから。

「たくさん、しましょ」

今度は私から、彼の鼻の頭にちゅっとキスをする。

春信さんは笑みを浮かべて、私の唇に口付けた。

「ん……っ、ぅ……っ」

触れるだけだったキスが、深くなっていく。

深くて甘い、溺《おぼ》れるような口付け。

最初は自分でも舌を動かしていたけれど、だんだん頭がとろんとしてきて、今はもう、春信さんにされるがまま、貪《むさぼ》られるままだ。

「あっ……」

彼の顔が離れたと思ったら、二人の唇の間に唾液の銀糸《ぎんし》が伝う。それが妙にエロティックでゾクゾクした。

そして春信さんは私の頬を一撫《な》ですると、今度は胸元に顔を埋《うず》めてくる。

艶《つや》やかな彼の髪が肌を掠《かす》めてくすぐったい。でもそれ以上に、首筋や鎖骨をぺろぺろと舐《な》められるのがこそばゆかった。

「ふふっ」

わざとやってるんじゃないかと思うくらいくすぐったくて、私はつい笑い声を上げてしまう。

するとは彼はそれに気を良くした様子で、さらに悪戯《いたずら》を続ける。

「あっ……」

今度は胸に触れられた。春信さんは首筋に痕《あと》をつけるようにちゅうっと吸いつきながら、私の両胸をやわやわと揉《も》み始める。

彼の手は大きくて、私の胸をしっかり包みこんでしまう。そうして優しく揉《も》まれるのは、恥ずかしいけれど気持ち良かった。

最初の交わりよりもゆっくりと、時間をかけて熱を高められる。

さんざん私の胸を揉《も》んだ春信さんは、ようやく頂《いただき》に触れた。

「ああっ……ん」

敏感な頂《いただき》をきゅっとつままれて、甘い嬌声《きょうせい》が零《こぼ》れる。

自分でも、そこがもうすっかり硬く尖っているのがわかった。は、恥ずかしい。

けれど、頂《いただき》を直接刺激されるのはとても気持ち良くて、下腹の奥が再び疼《うず》いてしまう。

「歩美のここも、可愛い」

もじもじと太ももをすり合わせて彼の愛撫《あいぶ》を享受《きょうじゅ》していたら、春信さんがくすっと笑って、頂《いただき》をぴんと指で弾いた。

「ひゃんっ」

（うう、春信さんの意地悪……！）

涙目で抗議の視線を向けると、春信さんは「ごめん、ごめん」とちっとも悪いと思っていないような顔で謝りながら、私の唇にご機嫌伺いのキスをする。

そして頂《いただき》を掌《てのひら》で転がすように撫《な》でつつ、こう尋ねてきた。

「ここ、舐《な》められるのと甘嚙《あまが》みされるの、どっちが好きだ？」

「えっ……」

ど、どっちって言われても、その……

私はかあっと頬を熱くし、目を瞑《つぶ》った。

「歩美？」

なんとか答えずに済ませようと思ったけれど、春信さんはそうはさせないとばかりに、私の耳朶《じだ》に囁《ささや》いてくる。

「答えないと、もう触ってやらないぞ？」

「う～」

やっぱり春信さんは意地悪だ！　それに、ちょっと変態入ってるし。

私は瞼《まぶた》を開けて、彼を見上げる。私の答えを待って、少しニヤニヤしている彼の表情がちょっぴり憎たらしい。

でも、触ってもらえないのは嫌……だから。

無理やり言わせようとする春信さんが悪いんだ、私は悪くない！　と自分に言い訳して、おずおずと口を開く。

「……どっちも、好き」

だ、だって。舐《な》められるのも、甘噛《あまが》みされるのも、どっちも気持ち良いんだもん。好きなんだもん。

答えたら、春信さんは一瞬虚を突かれたような顔をしたあと、微笑みを浮かべた。

「本当に、歩美は可愛いなあ」

そしてとびっきり甘い眼差《まなざ》しを向けられ、再び唇にキスをされる。

「じゃあ、両方してやろう」

そう言って、春信さんは私の右胸の頂《いただき》に食いついてくる。

「ひゃあっ」

ねっとりと唾液を含ませた舌に舐《な》められて、唇ではむはむと優しく噛まれた。

「んっ、ううっ」

それから、少しだけ歯を当てられる。微かな痛みと、それを上回る快感に身体が震えた。

続けて同様に、左胸も愛撫《あいぶ》される。舐《な》められて、噛まれて、私の頭はすっかりとろとろに溶けてしまった。

「はあ、はあっ……」

身体の奥の疼《うず》きが増している。胸だけじゃなくて、ここも愛されたい。ぐちゃぐちゃにされたい。

私は無意識のうちに、自分の秘所へと手を伸ばしていた。

「こーら」

すると、春信さんがそれを咎《とが》めるみたいに私の手を掴む。

「歩美はいけない子だな。今、何をしようとしていた？」

「あ……」

指摘されて、羞恥《しゅうち》に頬が熱くなる。

私、自分でココを……触ろうと、してた。だって、春信さんが触れてくれないから。

でも、なんてはしたなくて恥ずかしいことをしようとしていたんだろう。彼の目の前で、自分を愛撫《あいぶ》するなんて。

恥ずかしさのあまり、ついぷいっと顔を背《そむ》けてしまう。

「ここ、自分で弄《いじ》ろうとしてたろう？」

追い打ちをかけるように、からかうように、春信さんが私の耳に囁《ささや》いた。

ううう、い、今のはなかったことにしてほしい！　つい、魔が差したんだよ～！

「可愛い。でも、公開自慰《じい》はまた今度な」

（えっ）

今、空恐ろしい単語を聞いたような……

しかし私がその言葉を問いただすより早く、春信さんは私の太ももを掴んで開かせると、露《あら》わになった秘所に顔を埋《うず》め、食いついてきた。

「あぁっ……！」

待ち望んでいた刺激を与えられて、甲高い声を上げてしまう。

彼はわざと音を立てるように、ぴちゃぴちゃと私の秘所を舐《な》めた。

零《こぼ》れ出る蜜を吸われ、濡《ぬ》れた襞《ひだ》を丁寧に舐《な》められ、蜜壺《みつつぼ》に舌を挿《さ》し込まれる。

「はぁっ……んっ、あぁっ……」

気持ち良い、気持ち良い。

気持ち良くて、何も考えられなくなる。

「はるのぶさっ……、はるのぶさぁん……っ」

快楽で頭の中がいっぱいになって、ほどなく。

「あああっ！」

私はびくびくっと身体をしならせて、絶頂を迎えた。

「はあ、はあっ……」

まだ快楽の余韻《よいん》が残り、疼《うず》いている。

そんな私の前で、春信さんはいつの間にか再び勃《た》ち上がっていた自身に避妊具を被せていた。

ちらりと視線を上げれば、彼の唇は私の愛液で濡《ぬ》れ、その瞳は今まさに獲物《えもの》に食いつかんとする獣のように、爛々《らんらん》と輝いている。

少しの恐れと大きな期待に、身体がぶるっと震えた。

そして春信さんは、改めて私にのしかかってくる。

「歩美……」

「春信さん……」

名前を呼び合って、キスをして。

彼が、私のナカに挿入《はい》ってくる。

「ああっ……」

また、一つになれた。嬉しい。気持ち良い。大好き。

そんな気持ちで心がいっぱいになって、たまらなくなって、私は春信さんの背に腕を回し、ぎゅうっと抱きつく。

彼も、私をぎゅっと抱き返してくれた。

そうしてお互いの温《ぬく》もりを確かめ合ったあと、春信さんはゆっくりと腰を動かし始める。

再び快楽の波が押し寄せてきて、私を高みへと誘った。

「あっ、あっ、ああっ」

「……っ、歩美、歩美……っ」

彼の、必死に私を呼ぶ声が好き。

熱い吐息が好き。滴《したた》る汗も好き。全部全部、大好き。

「春信さんっ……、春信さんっ……！」

イッたばかりの身体に、再び果ての気配が近付いてくる。

「あっ、だめっ、いっ、イッちゃ……あっ、あああっ！」

そして私は、もう何度目かわからない絶頂を迎えた。

「くっ……」

春信さんも、私に数度腰を打ちつけ、ゴムの中に白濁を吐き出す。

「ああっ……」

彼が私のナカから出ていく感触に、また軽くイッてしまった。

（あう）

本当に、なんていやらしい身体になってしまったんだろう。

（うー。これも全部、春信さんのせいだ）

だって、彼に出会う前の私はこんなんじゃなかったもの。

春信さんがたっぷり淫《みだ》らに愛してくれたから、私の身体はいやらしく花開いてしまったんだ。つまり、春信さんが悪い。私、悪くない。

そう心の中で憎まれ口を叩きながら、避妊具を始末する春信さんの姿を見上げる。

（あ……）

彼の瞳には、まだまだ情欲の炎が燻《くすぶ》っているように見えた。

これはまだ、寝られそうにないな。

だけど、せっかくの旅行で、せっかくの誕生日だもの。

思う存分お互いを貪《むさぼ》り合うのも、悪くない。

そう思ってしまうあたり、私は身体だけでなく、心も淫《みだ》らに染められてしまっているのかもしれない。

でも、それでいい。

彼と肌を合わせる時間は、間違いなく、幸福だから。

（春信さん、大好き）

そうして私達はその晩、私の体力の限界まで、思う存分愛を確かめ合ったのだった。


翌朝。旅行最終日。

情事の疲れが色濃く残る私とは対照的に、春信さんは目覚めからとても元気だった。

自分の意思で受け入れたとはいえ、彼を見ていると、ちょっぴり恨めしく思ってしまう。

でも甲斐甲斐《かいがい》しくお世話してもらったのは、嬉しかった……かな。

昨晩も春信さんが寝る前に身体を清めてくれたし。今朝も彼がお風呂に入れてくれて、身体や髪を洗ってくれた。

そうしてさっぱりしたあとは、二人で朝食をとる。これも春信さんが用意してくれた。内容は昨夜の料理の余りと、買ったパンの残りだったけど、十分すぎるほど美味《おい》しい朝食だった。

朝ごはんを済ませたら、別荘の中を簡単に掃除する。

腰のだるさが抜けない私をソファに座らせて、作業はほとんど春信さんがやってくれた。

料理は苦手な春信さんながら、掃除は私より手際が良くて上手いのだ。一番気がかりだった寝室も、窓を開けて換気して、ぐちゃぐちゃになったシーツを回収して、マットレスや布団、枕にも念のため消臭除菌スプレーをかけてくれたらしい。徹底している。

掃除を終えたら、二晩過ごした別荘を後にする。

今日はアウトレットに寄って買い物をし、帰路につく予定だ。

広大な敷地を誇《ほこ》るアウトレットには百を超える店舗が入っているらしい。さすがにその全てを見るのは大変だし、事前に寄るお店を決めていた。

ここでも二人手を繋いで、目的のお店を回る。

好きなブランドが入っていたので、そこで春物と夏物の服を買った。

試着もして春信さんの意見も求めたものの、彼は何を着ても「可愛い」って言うからあてにならない。しかもこのやりとり、なんだかめちゃくちゃバカップルっぽい！　恥ずかしい！

っと、それはさておき、春信さんもお気に入りのブランドで新しいシャツとジーンズを買った。試着したところを見たんだけど、彼みたいに恰好良い人は大抵のものが似合ってしまう。

なので何を着ても「恰好良い」と感想を呟いたら、春信さんに「お前も人のこと言えないじゃないか」と笑われてしまった。うむむ……！

それからアウトレット内のカフェでお昼ごはんを食べたあと、北欧雑貨を扱うお店でお揃いのコーヒーカップを買った。

一昨日《おととい》のカフェで出されたコーヒーカップが可愛くて、ああいうの欲しいなって思ったんだよね。

あとはここでも家族へのお土産《みやげ》を買う。職場には昨日動物園で買ったクッキーを持っていくつもり。ちなみに私達が付き合っていることは秘密なので、友達と旅行に行ったお土産《みやげ》として私から渡す予定だ。

お母さんリクエストのチーズとハム、ソーセージ。お父さんリクエストのチーズケーキとプリン。お兄ちゃんリクエストの餃子《ぎょうざ》。うん、買い忘れはないね。

それから太郎さんとアリスにもお土産《みやげ》を買った。

太郎さんには犬用のジャーキーと新しい玩具《おもちゃ》。アリスには低塩チーズとブルーベリー。

喜んでもらえるといいなあと思いつつ、荷物を抱えて車に乗り込んだ。

帰りもサービスエリアやパーキングエリアを回ってご当地グルメを堪能《たんのう》しつつ、お土産《みやげ》もさらに増やしてのんびり帰る。

そして私の実家に着いたのは、夜の六時過ぎ。

事前に到着予定時刻を連絡したところ、夕飯を食べていくように言われたのでお言葉に甘えることにする。預けていた間のアリスの様子も聞きたかったしね。

動物病院の駐車場に車を停め、実家に渡すお土産《みやげ》を手に二階へ上がったら、いつも出迎えてくれる太郎さんが来ない。

あれ？　と思ったけれど、その理由はすぐにわかった。

（うわあああああああ！）

リビングのソファ近くに寝そべった太郎さんの頭に、アリスがちょこんと乗っていたのだ。そのせいで、太郎さんは身動きがとれなかったらしい。

兄がメールで送ってくれた写真の光景が今、目の前に……！

（やばい！　可愛い！）

私は思わず春信さんの腕をバシバシ叩いてしまった。だって、悶絶《もんぜつ》ものの可愛さなんだもん！

春信さんは春信さんで、太郎さんとアリスを食い入るように見つめている。

「ふふふ、可愛いでしょう？」

母がほくそ笑みながら言い、私と春信さんはこくこくと頷いた。

「さらにだな」

今度は兄が、アリスと一緒に預けていたリス用のおやつ――ひまわりの種を一粒つまみ、アリスに与える。

するとアリスはそのひまわりの種を受け取って、おもむろに……

「「っ！」」

太郎さんの頭の毛をわしわしと掘り出し、う、埋《う》めた！　太郎さんの毛に、埋《う》めた！

いやでもあの、柴犬ってね、毛が長くないのでね、ひまわりの種、ほとんど露出してます……！

それでもアリスはどことなく満足気な顔。そしてひまわりの種を埋《う》められた太郎さんもどことなく嬉しそうな顔でじっとしている。

（天使か！）

カピバラもうさぎもアルパカも可愛かったけれど、世界で一番可愛いのはうちの子達だ！　と私は思った。たぶん、春信さんも同じことを考えている。

めた。
「ああ、やばいな」
私達は流れるような動作でスマホを取り出し、この激カワツーショットをカメラに収
「やばいですね」

「あらあらこんなにたくさん！　ありがとう！」

「このプリン食べたかったんだよねえ」

「おお、美味《うま》そう！」

両親と兄は予定より多くなったお土産《みやげ》に大喜び。

「ワンッ！」

そして太郎さんも、ジャーキーと新しい玩具《おもちゃ》に大はしゃぎしてくれた。もちろんその姿も写真に撮《と》りましたよ！

アリスはもう餌《えさ》やおやつを十分にもらっていたので、お土産《みやげ》は明日あげようと思う。

今日の料理当番である兄が作った料理をいただきつつ、家族からも誕生日を祝ってもらって、旅行中の思い出話で盛り上がって――結局実家を出たのは夜の九時過ぎになってしまった。

アリスを入れた移動用のケージと鞄を手に、私は車の助手席に乗り込む。

「楽しかったな」

マンションへの道すがら、車を運転する春信さんがしみじみとした口調で呟いた。

「はい、とっても」

私も心から同意する。

「美味《お》しい物をたくさん食べて。可愛い動物をたくさん見て、触って。最高に楽しい三日間でした」

「ああ。お前、何見ても子どもみたいにキラキラ目を輝かせてて、最高に可愛かった」

そんな私の姿を見るのが楽しくてたまらなかったと、春信さんはくすくすと笑いながら言う。

「春信さんだって、目を輝かせてましたよ」

特に動物園ではとってもはしゃいでいたじゃないですか。

「私も、そんな春信さんの姿が見られて嬉しかったし、楽しかったです」

「そうか」

お互いに、今回の旅行をとっても楽しんだ！　ってこと、ですね。

「また行きたいですね、旅行」

「ああ。今度は夏休み、かな。行きたいところはあるか？」

行きたいところかあ。そうだなあ……

「うーん。あ、北海道とかいいかも」

夏の北海道は過ごしやすいって聞くし、美味《おい》しい物もいっぱい！　有名な動物園もあるしね。

一度行ってみたいと思ってたんだあ。

「あと、仙台にも行ってみたいです。春信さんが以前住んでいた街、見てみたい」

「いいな。仙台も美味《うま》い物がたくさんあるぞ」

「うわあ、行きたいなあ」

行ったことないんだよね、仙台。確か牛タンが有名なんだっけ？

「でも春信さんと一緒なら、どこでも楽しい気がします」

「お前はまた、そんな可愛いことを……」

「えへへ」

だって、本当にそう思ったんだもん。

すると次の信号で車を止めた春信さんが、ギアをパーキングに入れる。

えっ？　っと思ったら、彼がこちらに身を乗り出してきて、奪うようにキスをされた。

「んっ」

「帰ったらまた可愛がってやるから、覚悟しとけよ」

「ええええっ！」

そ、それってつまり今夜も……ってこと？
驚く私を尻目に、ギアを再びドライブに入れた春信さんがゆっくりとアクセルを踏む。
あ、信号が青に変わってたんだ。
「煽《あお》ったお前が悪い」
なんて、前方に視線を向けたままの春信さんが呟く。
そして私はその晩も、春信さんに思う存分可愛がられちゃったのでした。

書き下ろし番外編

真夏のスタミナごはん

（はあ〜、暑い、暑い……）

陽が落ちてもなお気温が高い盛夏の候。私は汗だくの首回りをタオルハンカチで拭きつつ、施錠を解いて自宅の扉を開けた。

恋人の春信さんの部屋で同棲を始めてから、早いものでもう五ヶ月ほど経っている。この家に『帰ってくる』ことにも、だいぶ慣れたなぁ。

そうしみじみ思いながら玄関に一歩足を踏み入れると、ひんやりとした空気が流れてきた。

「ふあああ、涼しい……！」

我が家は暑さに弱いリスを飼っているため、この時期は留守中もエアコンをつけっぱなしにしている。といっても温度設定は二十七度とそう低くないのだけれど、外の灼熱《しゃくねつ》地獄みたいな暑さに比べたら十分涼しい。天国だ。

「ただいま〜、アリス」

帰宅したら、まずはアリスの様子をチェック。ケージを覗いてみると、アリスはちょうどお食事中だったらしく、リス用のフードを頬袋いっぱいに頬張っていた。

（はあ〜、可愛い）

ほっぺを丸く膨《ふく》らませて、一生懸命もぐもぐ口を動かすリスの、なんと可愛らしいこと。

その姿を見ているだけで、仕事の疲れも癒《いや》されるよ。

（うんうん。食欲は変わらず、弱っている様子もないね）

元気そうでよかった。朝に取り換えておいた水もちゃんと減っているから、水分補給もできているようだ。

ちなみに夏の間は念のため、吸水ボトルを一本から三本に増やしている。

「よし」

簡単な確認を終え、寝室へ。着替えを用意して、浴室に向かう。

今日もたくさん汗をかいたので、シャワーを浴びてさっぱりしたい！　あと、退社前に直しても帰り着くころにはまたドロドロに崩れているお化粧も落としたい！

「んんー！　気持ち良い！」

シートを使ってメイクを落とし、ミント系の洗顔石鹸《せっけん》と冷たい水で顔を洗うと、とっても爽快な気分！

さらにさらに、ぬるめのシャワーを浴びて一日の汗と汚れを洗い流しちゃいます。

「あー……」

至福のひととき、だねぇ。

しかし、夏の間は毎日たくさん汗をかいているのに、体重はちっとも減らないなぁ……と毎年思う。少しくらい痩《や》せてもいいじゃんと文句を言いたいところだが、特に運動をしているわけでもなし、食べる量が減っているわけでもないので、痩《や》せるわけがないんだよね。

夏バテで食欲が落ちる……というのも、私にとっては無縁の話だ。だって、夏には夏の美味《おい》しいものがいっぱいあるんだもの！　むしろ、肌の露出が多くなるこの時期にこれ以上身体が肥えないよう、気をつけねば。

相変わらずぷにぷにな二の腕を憎く思いつつシャワーを浴びてさっぱりしたら、ラフな部屋着に身を包み、お肌の手入れをしてからリビングに戻る。

ここで冷たいビールを一本！　……といきたいところだけれど、まだやることがあるので代わりによく冷えた麦茶を一杯。

ごくっごくっと喉を鳴らして一気に飲み干し、ぷっはー！　と息を吐く。

「あああ、うんま……っ！」

おっと。ついついオッサンのような声が出てしまった。しかしここには私とアリスしかいないので、よしとしよう。

「さてさて、夕飯の支度の前に……っと」

再びアリスのケージを見に行き、中の様子を窺《うかが》う。

私がシャワーを浴びている間に食事を終えていたようで、アリスは木製の巣箱に潜っていた。丸く切り取られた入り口から、リスのまるっとしたお尻が見えている。

(ふふふ、可愛い)

あとで春信さんにも見せてあげようと思い、スマホでパシャリ。私のスマホにも春信さんのスマホにも、日々アリスの写真が増えていく。

それからケージを開け、吸水ボトルの水を交換し、食べ残しの餌《えさ》を始末して新しいものを補給した。

あと念のため、巣箱内にも餌《えさ》を持ち込んでいないかチェック。「おくつろぎ中のところ申し訳ない……！」と謝りながら、いったんアリスを巣箱から出し、中を確認する。残った餌《えさ》などは放置しておくと衛生的によくないのだ。

アリスはおねむなのか、特に抵抗せずされるがまま大人しかった。ううう、可愛い。眠くてうとうとしてるモフモフのリス、可愛すぎる。

ちなみに今回、巣箱の中に餌《えさ》は持ち込まれていませんでした。

「よしよし」

アリスを巣箱に戻して、最後にトイレ掃除。これはアリスの健康チェックも兼ねている。うん、これも問題なさそうだね。

そうして一通りのお世話を終え、今度は夕食の支度にとりかかる。

私の方が早く帰れることが多いので、帰宅後のアリスのお世話はもっぱら私の担当になっている。

また、春信さんは料理ができない人なので、我が家の食事担当も私だ。

でも、そこに不満を感じることはない。アリスのお世話は、動物病院を営んでいる実家で暮らしていた時にも似たようなことをやっていたし、私が料理を担当する分、春信さんが家の掃除を請け負ってくれている。あ、洗濯は当番制ね。

実を言うと私は家事の中で掃除が一番苦手なので、正直助かっています。

何より、激務な彼の姿を間近で見ているからね。今日だって、私は一時間ほどの残業で帰れたけれど、春信さんは自分の業務に加え、事務作業を溜め込んでいた部下に付き合って今もお仕事中だ。

もしこれで、彼が『家事は女がして当たり前』という考えの人だったら、こちらの気の持ちようも変わってくるのだろうけれど、春信さんは私がアリスのお世話と料理を担当していることを当然と思わず感謝してくれているし、何くれとなく気遣い、労《ねぎら》ってくれる。

また苦手な料理も克服しようと思っているらしく、休みの日には私と一緒にキッチンに立つこともあった。

だから私も、春信さんを支えたい。できることはなんでもしてあげたい、という気持ちになれるのだ。

それに、アリスのお世話に関しては、私に任せきりというわけではない。大部分は飼い主である春信さんがやっている。特に室温や餌《えさ》の管理などは、獣医であるうちの両親や兄が感心するほどきっちりと。

そのおかげで、夏の盛《さか》りでもアリスは健康そのものだ。

（ただ……）

春信さんの方は、連日の暑さと仕事の忙しさでちょっと夏バテ気味なんだよね。

「そこで今夜は、春信さんに元気になってもらえるようなごはんを作ろうと思います！」

キッチンに立ち、誰に言うともなく宣言する。

聞いているのはアリスだけ……いや、たぶんもう寝ているから完全な独り言だ。

いやあの、声に出すとね、気合が入るからね……

……っと、それはさておき。今夜のメニューは鰻《うなぎ》のちらし寿司と豚しゃぶサラダ。根菜のすまし汁です。

鰻《うなぎ》は古くから滋養強壮に効果があると言われてきたほど栄養満点なスタミナ食だし、

何より美味《おい》しい。また酢飯と合わせることで、さっぱり食べられるよう工夫している。

そして豚しゃぶサラダに使う豚肉も、夏バテに効果があるとされる食材の一つ。茹《ゆ》でたあと、氷水でしゃっきり冷やした薄切り肉を、たっぷりの夏野菜の上に載せ、大根おろしと合わせたポン酢をかけていただく。

野菜もたくさん食べられるから、豚しゃぶサラダ大好き!

そして汁物は、鰻《うなぎ》がこってり系なのであっさり、かつ野菜をしっかり摂《と》れるようにと、人参に牛蒡《ごぼう》、大根を使ったすまし汁にした。

(ふふふ、どれもなかなか美味《おい》しそうにできたぞ〜)

出来上がった料理を前に、にんまりと笑みを浮かべる。

さてさて、配膳しちゃいましょうか。

二十分くらい前、『これから帰宅する』というメールが届いたので、並べ終えるころにちょうど春信さんも帰ってくるんじゃないかな。

「ふんふふーん」

鼻歌を歌いつつ、同棲を始めたばかりのころに買ったお揃いのランチョンマットを敷いて、気持ち、いつもより綺麗に盛りつけた料理を並べていく。

鰻《うなぎ》のちらし寿司は、テリッとしたタレの茶色と錦糸卵《きんしたまご》の黄色がなんとも美味《おい》しそうだし、豚しゃぶサラダは瑞々《みずみず》しいレタスやオクラの緑、トマトの赤が鮮やかで食欲をそそる。

春信さんが帰宅してからよそう予定のすまし汁も、ほんのり白く濁《にご》った汁に沈む赤い人参に白い大根、牛蒡《ごぼう》も優し気な色合いで、これまたとっても美味《おい》しそうである。

ビール用に、グラスも冷凍庫に入れて冷やしてあるし、うん。完璧です。

（明日はお休みだからね。多少飲みすぎても大丈夫）

春信さんに急な休日出勤が入らないことを祈りつつ待っていると、ほどなくして玄関の扉が開く音が響いた。

「おかえりなさいっ、春信さん」

「ただいま、歩美。遅くなって悪かった」

いえいえそんな気にしないでくださいと答え、彼の鞄を受け取る。帰宅時には汗だくでドロドロへろへろだった私と違って、春信さんはスーツに乱れもなく、顔もどこか涼し気だ。

（ううん、この差はいったい……）

「夕飯の用意できてますよ。あ、でも先にシャワーにしますか？」

私もそうだけど、春信さんはこの時期バスタブを使わずシャワーだけで済ませることが多いので、お風呂の支度はしていない。

先にシャワーを済ませるなら、豚しゃぶサラダはいったん冷蔵庫にしまっておこうかな。

「あー……先に飯がいいな」

春信さんは少し迷う素振りを見せたあと、夕飯を選んだ。

お腹ペコペコだったので嬉しい。自分が遅くなる時は先に食べていていいと言われているけれど、やっぱりどうせなら一緒に食べたいもの。

あ……、もしかして春信さん、私が待っているのを見越してシャワーを後回しにしてくれたのかな。

(食いしん坊な女ですみません)

でも、春信さんのそういうちょっとした気遣いが嬉しい。

そんなわけで、サマースーツの上着を脱ぎ、ネクタイを解《ほど》いて襟元《えりもと》をくつろげた彼と共に、食卓につく。

温め直したすまし汁をお椀《わん》によそって、冷やしたグラス二つにこれまたキンキンに冷えたビールを注ぎ、二人揃って「いただきます」と手を合わせた。

「おお、今日の夕飯は豪華だな」

お箸《はし》を手にとった春信さんが、テーブルに並ぶ料理を見て目を輝かせる。

「春信さん、最近ちょっと夏バテ気味みたいだったので、奮発しました」

お口に合うといいんだけど……

「ありがとう。どれも美味《うま》そうで迷うな」

どこから箸《はし》をつけようか……としばし逡巡《しゅんじゅん》した春信さんは、最初に根菜のすまし汁が入ったお椀《わん》を手にとり、こくり……と一口。

「はあ……、五臓六腑に沁《し》み渡る」

「そんな、大げさな」

私はくすくす笑いつつ、豚しゃぶサラダをぱくっと口にした。

(んん〜っ！　レタスシャキシャキ、オクラはとろっとして美味《おい》しい！)

続いて鰻《うなぎ》のちらし寿司もぱくり。

ああ〜、やっぱり鰻《うなぎ》、美味《おい》しい。好き……！

「ははは。本当に歩美は美味《うま》そうに食うなあ」

「だって美味《おい》しいですもん」

「確かに」

春信さんは頷いて、すまし汁以外の料理もぱくぱく食べ進めていく。

そして「どれも美味《うま》い」と言ってくれた。

(嬉しい……)

大好きな人のためにって作った料理を、大好きな人が「美味《おい》しい」と言って食べてくれる。

たったそれだけのことが、すごく……すんごーく嬉しい。

「ふへへ」

私はふにゃりと笑み崩れ、さらに鰻《うなぎ》をぱくっ。

そしてよく冷えたビールをごくり！

（ふあああ〜っ）

やっぱりごはんは、一人より二人の方がずっと美味《おい》しい！

夏バテ解消メニューが功を奏したのか、春信さんは鰻《うなぎ》のちらし寿司と根菜のすまし汁をおかわりするほどしっかりたっぷり食べてくれた。

それから、二人並んで食後の洗い物。本当は料理も含めこれも私の担当なのだけれど、春信さんが「俺も手伝う」と言ってくれたのだ。

私が洗ってすすいだ食器を、春信さんが拭いていく。大雑把《おおざっぱ》な私より、きっちりしている彼の方が丁寧で仕上がりもいい。

明日明後日《あすあさって》と予定通り休めるみたいだし、週末はどんな風に過ごそうかな〜と思いながら最後の一枚をすすぎ終えると、春信さんがふいにこちらへ肩を寄せ、ぽつりと呟いた。

「いつもありがとうな、歩美」

「えっ？」

ど、どうしたの？　春信さん。

「仕事で疲れて帰ってきた時、歩美が笑顔で『おかえりなさい』って迎えてくれて、俺の健康のことを考えた美味《うま》い飯を用意してくれてて……。しみじみ、幸せを実感してる」

「春信さん……」

それは、私も同じだ。

彼が私のもとに「ただいま」って帰ってきてくれること。

私が作った料理を「美味《おい》しい、美味《おい》しい」って食べてくれること。

ささやかなことでも、「ありがとう」って言ってくれること。

こんなに幸せでいいのかなってくらい、毎日、幸福を感じている。

「歩美……」

春信さんは持っていた食器と布巾《ふきん》を置いて、私の両肩に手を置き、そっと抱き寄せる。

そしてちゅっと、触れるだけのキスをした。

「愛してる」

「……っ」

心を通わせてから、もう何度、この言葉を囁《ささや》かれただろう。

その度に、私の胸は喜びに震える。

「私も……」

あなたと同じ気持ちなのだと伝えるように、今度は私から彼に口付けをした。

ちょっぴり照れくさいけれど、それ以上に、春信さんが愛おしい。

(私の手、濡《ぬ》れちゃってるけど、いいかな？　いいよね？)

濡《ぬ》れたままの手で、春信さんの身体にぎゅーっと抱きつく。

春信さんは自分のシャツが濡《ぬ》れるのも咎《とが》めず、ぎゅっと抱き締め返してくれた。

(んふふ)

嬉し恥ずかし、変な声が漏《も》れちゃいそうだ。

「……歩美の特製メニューのおかげで『元気』になったし、明日も明後日《あさって》も休みだし、今夜は期待に応えられると思うぞ」

「んっ？」

春信さんが私の耳に唇を寄せてそう囁《ささや》いたのだけれど、『期待』の意味がわからず、疑問符を浮かべる。

すると彼はにやっと笑い、続けてこう言った。

「鰻《うなぎ》は『精がつく』って、昔からよく言うだろ？」

はあ、そう……ですね。だから、夏バテにも……って、ん？

んん？　精、精がつく……

そ、それってつまり……

「今夜は寝かさないから、覚悟してくれ」

あああああああっ！　や、やっぱりそういうこと!?　そういう意味!?

「あ、あああ、あの、そ、そういうのを期待して鰻《うなぎ》にしたわけじゃ……」

下心があったわけじゃないんです！　と、私は必死に弁明する。

いやだって、夜のほにゃららを期待して精のつく料理を用意しました！　って、なんか恥ずかしくない!?

「あははは、わかってるさ」

私の狼狽《うろた》えようが面白かったのか、春信さんは笑いながら言う。

「鰻《うなぎ》はただの口実。ただ俺が、歩美とそうしたいだけだ」

それとも、歩美は嫌か？　……なんて、言われて。

嫌です！　とか、言えるわけない……っ。

「……ずるいです、春信さん」

私だって、その、春信さんとそういうことするの、好き……だし。

ここ最近は忙しくてご無沙汰だったから、その分いっぱい、い、いちゃいちゃ……したい……です。

「よかった。じゃ、速攻シャワー浴びてくるから、ベッドで待ってて」

「は、はい……っ」

あああ、こういう時の春信さん、色気が……っ、色気が割り増しで……っ、やばいです……っ！

そうして私はその晩、夏バテ解消メニューですっかり元気になった春信さんと、がっつりたっぷり、互いの愛を確かめ合ったのでした。

恋愛小説「エタニティブックス」の人気作を漫画化!
EC Eternity COMICS
婚約者は
身代《みが》わりの
恋に啼く
Migawarino Konyakusya ha koi ni naku
漫画 秋月 綾
原作 なかゆんきなこ
身代わりの婚約者は恋に啼く。
志穂
美穂
嬉しいけど…胸が痛い
楓馬さんを慰めることができるなら——
んっ
志穂しかほしくない

恋愛小説「エタニティブックス」の人気作を漫画化!

ひよくれんり

Eternity COMICS

漫画
Remi
原作
なかゆんきなこ

三十路《みそじ》を前に結婚への焦りもなく、オタク街道をひた走る腐女子な千鶴《ちづる》。そんな彼女がお見合いをさせられて出会ったのは、イケメン高校教師の正宗《まさむね》さん。二人は出会った瞬間から息がぴったりで、あれよあれよという間にゴールイン！ゆる〜い二人のあま〜い新婚生活をご堪能あれ☆

B6判　定価：704円（10%税込）　ISBN 978-4-434-21431-8

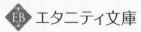

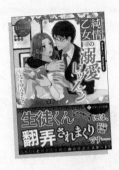

〜大人のための恋愛小説レーベル〜

ETERNITY
エタニティブックス

エタニティブックス・赤

お前はすべて俺のもの

俺様御曹司は義妹《いもうと》を溺愛して離さない

なかゆんきなこ

装丁イラスト／逆月酒乱

四六判　定価：1320円（10%税込）

訳あって、生後すぐに名家の養女となった小春《こはる》は、義理の兄の勇斗《ゆうと》に片想いをしていた。彼が可愛がってくれるのは、あくまで妹として……小春は恋を諦めようと決心。そんなある日、彼女はお見合いで襲われそうになってしまう。そこへ勇斗が現れ「自分のものに手を出された」と怒って押し倒してきて⁉

※エタニティブックスは大人の女性のための恋愛小説レーベルです。ロゴマークの色で性描写の有無を判断することができます（赤・一定以上の性描写あり、ロゼ・性描写あり、白・性描写なし）。

詳しくは公式サイトにてご確認ください。
https://eternity.alphapolis.co.jp

携帯サイトはこちらから！

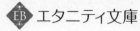

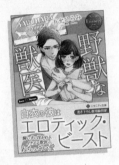

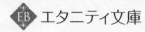

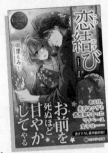

結婚を約束した彼との幸せな未来を夢見る絵梨《えり》。ところが、ようやく迎えた婚約披露の日、彼の隣で笑っていたのは何故か自分の後輩だった！　絵梨はどん底まで突き落とされたが、思いがけない転機が訪れる。なんと、偶然知り合った謎のイケメン、雅翔《まさと》から、元カレたちへの“復讐”を提案されたのだ。戸惑う絵梨だったが、気付けば雅翔のペース。彼のおかげで本来の美しさを引き出された絵梨は周囲からも注目を集めるように。しかも雅翔は、会うたび恋人のように甘くて…

B6判　定価：704円（10%税込）　ISBN 978-4-434-28985-9

本書は、2018年4月当社より単行本として刊行されたものに、書き下ろしを加えて文庫化したものです。


この作品に対する皆様のご意見・ご感想をお待ちしております。

おハガキ・お手紙は以下の宛先にお送りください。

【宛先】

〒150-6008 東京都渋谷区恵比寿4-20-3 恵比寿ｶﾞｰﾃﾞﾝﾌﾟﾚｲｽﾀﾜｰ 8F
（株）アルファポリス　書籍感想係

メールフォームでのご意見・ご感想は右のＱＲコードから、
あるいは以下のワードで検索をかけてください。

アルファポリス　書籍の感想　検索

ご感想はこちらから

エタニティ文庫

鬼上司《おにじょうし》さまのお気《き》に入《い》り

なかゆんきなこ

2021年8月15日初版発行

文庫編集－熊澤菜々子
編集長　－倉持真理
発行者　－梶本雄介
発行所　－株式会社アルファポリス
〒150-6008 東京都渋谷区恵比寿4-20-3 恵比寿ｶﾞｰﾃﾞﾝﾌﾟﾚｲｽﾀﾜｰ8F
TEL 03-6277-1601（営業）　03-6277-1602（編集）
URL https://www.alphapolis.co.jp/
発売元－株式会社星雲社（共同出版社・流通責任出版社）
〒112-0005 東京都文京区水道1-3-30
TEL 03-3868-3275
装丁イラスト－牡牛まる
装丁デザイン－ansyyqdesign
印刷－中央精版印刷株式会社

価格はカバーに表示されてあります。

落丁乱丁の場合はアルファポリスまでご連絡ください。

送料は小社負担でお取り替えします。


ISBN978-4-434-29249-1 C0193